Алисаның
Хайхастар Чирінзер
чорығы

Алисаның Хайхастар Чирінзер чорығы

Alice's Adventures in Wonderland in Khakas

Льюис Кэрролл

Хоосчы
Джон Тенниел

Хакас тіліне
Мария Чертыкова
тілбестеен

2017

Издательство/*Publisher:* Evertype, 19A Corso Street, Dundee, DD2 1DR, Scotland. *www.evertype.com.*

Алисаның Хайхастар Чирінзер чорығы (Alïsanıñ Hayhastar Çïrinzer çorığı). Оригиналның ады/Original title: *Alice's Adventures in Wonderland.* This translation was based on the Russian translation by A. A. Shcherbakov / А. А. Щербаковтың орыс тіліне тілбестеені хоостыра иділген тілбестег (Л. Кэрролл. *Алиса в Стране чудес. Алиса в Зазеркалье.* Москва: Азбука, 1977, 416 с. / L. Kérroll. *Alisa v Strane chudes. Alisa v Zazerkal'e.* Moscow: Azbuka, 1977, 416 pp.).

Редактор-консультант/*Advisory Editor: Виктор Фет*/Victor Fet

Пастағы сығарыс/*First edition* 2016 г. Reprinted with corrections June 2019.

Пу кинденең, каталог пічиине кирілгені хоостыра, Британия библиотеказында тузаланарға чарир.
A catalogue record for this book is available from the British Library.

ISBN-10 1-78201-171-4
ISBN-13 978-1-78201-171-2

Гарнитура De Vinne Text, Mona Lisa, ENGRAVERS' ROMAN, паза Liberty. Наборны Майкл Эверсон иткен.
Typeset in De Vinne Text, Mona Lisa, ENGRAVERS' ROMAN, *and* Liberty *by* Michael Everson.

Хоостар/*Illustrations: Джон Тенниел*/John Tenniel, 1876.

Кинденің тастындағы көрімі/*Cover: Майкл Эверсон*/Michael Everson.

Сӧс алны

Льюис Кэрролл—ол саблығ англия писателі паза Оксфорд университедіндегі Крайст Чёрч колледжтің математика ӱгретчізі Чарлз Латвидж Додсонның* (1832–1898) позы аданған солазы. Ол колледж ректоры Генри Лидделлнің сӧбірезінің чағын нанҷызы полған. Сӧбіреде ӧсчеткен Алисаа (1852 чылда тӧреен) паза аның пиҷелері Лоринге паза Эдитке ол удаа нымахтар чоохтаҷаң. Пірсінде—1862 чылның от айының 4-чі кӱнінде—Кэрролл, аның арғызы, Робинсон Дакуорт абыс, паза пу ӱс хызыҷах суғҷа кимеліг иніп, чарда тынанғаннар. Ана іди тынанчатхан туста Кэррол кічіг ӧӧрелеріне Алиса аттығ хызыҷахтаңар улуғ чоох оңдайлығ нымах чоохтап пирген, хайди ол Кроликтің інінҷе Хайхастар Чирінзер тӱс парып, анда пасхаҷыл, таңнастығ киректерде араласхан. Алиса Кэрролльнаң пу нымахты позына пас пирерге сурынған. Нинҷе-де тус пазынаң чаҷында пазылған нымах тимде полған, анаң анда хай пірее тӱзедіглер иділгеннер паза хайзы чардыхтар хоза пазылғаннар. Соонаң пу нымах 1865 чылда чарых кӧрген. Ол тустаң пеер *«Алисаның Хайхастар*

* Льюис Кэрроллның сын фамилиязы «Доджсон» орыс тілінең саба пазылча. Сынында англия вариантында «g» буква адалбинча, аннаңар піс «Додсон» пасчабыс. Кэрролл даа позының фамилиязын ідӧк адаҷаң. – *М.Э.*

Чирінзер чорығы» чир ӱстӱндегі көп аймах тіллерге тілбестелген. Амды сірернің алнынңарда аның хакас тіліне пастағы тілбестее.

Хакастар—ӱстӱнзархы Сибирьде, Россия Федерациязына кірчеткен Хакас Республиказында, хаҷан-пуруннаң чуртапчатхан тӱрк тілліг чон. Амғы туста хакастар 66,7 муң кізі саналча, оларның ӧӧн чардығы Хакас Республикада, аның чуртағҷыларының 11,8% полып, чуртапча.

1917 чылда ирткен Илбек Октябрь революциязы алнында хакастар ал-алынча асхынах саннығ чон (племялар) полғаннар: хаастар, хызыллар, сағайлар, хойбаллар, чыстар паза оларнаң даа пасхазы, ідӧк оларның пос постарын аданчатхан пір ат чох полған. Пасха чоннар оларны Минсуғ (алай Ағбан) тадарлары алай ба Ағбан (алай Ким) тӱрктері тіҷеңнер. 1917 чыл соонаң пу племялар пір чонға пірігіп, Хыдат пічіктерінде пазылған пурунғы хырғыстарның «хакас» адынаң адан сыхханнар. Че пу чонның тархыны пурунғызар тирең парыбысча, хайда оларның аймах кӧдірілістер паза тӧбін тӱзістер илееде полған. Пу чонның ӧбекелерінің махачы, чиңістерге пай, че олох туста сӱрдестіг тархыны оларның кибірліг чуртазына сиип парған. Хакастарның андағ кибірліг ис-пайының чарых кӧрімі ол пазылбин пӱткен ис-пайы полча, хайзы пӱӱнгі дее кӱнде чонда пӧзік паалалча паза аарлалча. Кӧзідімге, *алыптығ нымахтарны* кибір хоостыра, кӧп хыллығ чатханны хағып, тамах ӧдӧзі пастыра ырлап, ысчалар. Алыптығ нымахтарны андағ оңдайнаң ызып, искір полчатхан кізіні чонда матап улуғлапчалар, *хайҷы* тіп адапчалар.

Тіл классификациязы хоостыра хакас тілі камасин, чулым, шор, сарығ уйгур паза алтай тіллерінің алтынзархы диалекттерінең хада алтай тіллерінің сӧбірезіндегі тӱрк пӧлиинің индіркі хун салаазындағы хакас чардығына кірче. Хаас паза сағай диалекттеріне тӧстенген хакас литература тілі, ирткен чӱс чылның 20 чылларында хакас пічии пӱткели, амғы тусха теере матап тиліп парған. Хакас тілінде монгол паза орыс сöстері, аймах тустарда сиип парып, тиксі тузаланылчалар; халғанҷы он чылның аразында пасха даа тіллернең орыс тілі пастыра кöп сöстер килчелер.

Хакас литературазының тилізіне улуғ хозым салғаннар орыс, совет паза пасха хан классиктернің орыс тілінең хакас тіліне тілбестелген произведениелері, ол санда А. С. Пушкиннің, А. П. Чеховтың, М. Горькийнің, К. Чуковскийнің, Г.-Х. Андерсеннің паза пасхаларының даа тоғыстары; ідöк илееде орыс чон нымахтары хакас тіліне тілбестелгеннер. Пу тоғыстарның илеедезі хакас литературазының школа программаларына кирілглеп парған. Пу киректің пасха сари орыс тіліне тілбестелген хакас писательлернің, кибелісчілернің тоғыстарынаң паза фольклор произведениелерінең орыс паза пасха даа нациялығ хығырығҷыларны таныстырғаны полча. Хайди піс пілчебіс, пасха литератураларнаң танысханы чоннарға удур-тöдір чахсы пілізерге, чағын танызарға паза ынағлазарға полысча.

Англия писателі Льюис Кэрроллның *Алисаның Хайхастар Чирінзер чорығы* тіп нымағын хакас тілінең чарыхха сығарғаны хакас олған литературазына улуғ, танығлығ хозым полар тіп санапчабыс. Пу хайхастығ, ачых-чарых, азых ӱӱректіг Алиса тіп англичанка хызыҷах хакас хығырығҷаа пастап пасхаҷыл даа пілдірер, неке. Анзы пілдістіг, хакас кізінің сағыс-кöгізі паза чуртассар кöрізі тöреелнең ала öбекелернің кибірліг тудынызына паза киртінізіне тöстеніп пӱтче, паза чир-чайааннаң, тöреен-öскен чирнең пик палғалыс парча. Алиса хызыҷах хакас палаҷахтарға чағын паза пілдістіг полар ӱчӱн, піс аның омазын хакас тілінің хоос сöс оңдайларынаң сомнирға кӱстенгебіс.

Пістің ачырғазыбысха, пу произведениені англия тілінең кöнізінең тілбестир оңдай чох полып, піс аны А.А. Щербаков 1977 чылда тілбестеен тоғыстаң тузаланғабыс. Тілбестег тоғызында піс ікі ööн, олаңай нимес, че олох туста удур-тöдір килізіс полбинчатхан теедег, кöстег турғысхабыс: оригинал текстінең салиҷек тее хыйа парбасха паза хакас тілінің хоос тіл паза стилистика оңдайларын сайбабин, хакас хығырығҷаа чағын омалар чайап саларға. Пу киректе піске, тузалығ, аймах чӧптер пиріп, читпес сариларны таныхтап, алнынзар чол кӧзідіп, паалаҷаа чох, тӧреміл полызығ пиріп одырған редактор-консультант Виктор Яковлевич Фет, аның ӱҷӱн піс ағаа улуғ алғызыбыс читтірчебіс.

Тілбестег тоғызында піске хакас тіліне тілбестелбинчеткен, хакас сағысха чапсых пілдірчеткен илееде сӧстернең тоғазарға киліскен. Андағ сӧстерні піс хакас сӧс пірігістерінең чарыда пас турғабыс, алай ба, орыс тілінең кірген сӧсті чіли, артызып одырғабыс. Кӧзідімге *веер* сӧсті *сӧрӧнненуең сабынуах* тіп чарытхабыс.

Хакас тіліне тілбестелбинчеткен, хакас кізінің сағыс-кӧгізіне пасхаҷыл таныглығ сӧстерні тузаланып, піс ікі пӧгінні толдырғабыс тирге чарир: пастағызын: запад культуразындағы хайзы таныгларны артызары; ікінҷізі, хакас литературазына наа омаларны кирері, кӧзідімге аларбыс *сэр, леди, валет, герцогиня* сӧстерні. Алай ба карт ойынының персонажтары кічіг хакас хығырығҷыларның таңнастығ нымах чірінзер кӧрістеріне наа, хыныг омалар хозарлар тіп сағынчабыс.

Че пу тілбестег тоғызында піске чазыт сағыстығ, философ таныглығ, сӧс ойыннарын (каламбурларны) хакас тілінең пирерге иң не сидік полған полар. Мында піреесде піске чоохтанарға оой паза пір ӱнге килістіре адалчатхан хакас сӧспектері паза сиспектері полыс турғаннар. Кӧзідімге андағ сӧстер ойыны Герцогиняның чооғына киріл парғаннар: «*Аны мыннаң ырах ниместе аныпчалар. Ӧӧн сағыс мындағ: „Хуба тас—тас пас нимес, кӱнге сағылып, чалтырабас; атхан ух нанмас, парган кізі айланмас!“*» Мында, сӧс ойыны чіли, ӱн хоостыра *тас—пас—чалтырабас*; *нанмас—айланмас* тіп чағын сӧстер тузаланылчалар.

Ідӧк сӧс ойыны чіли, піс школа предметтерінің аттарына *Пазыс* паза *Хығырыс* сӧстернің орнына *Пазахтас* паза *Хығдырас* сӧстерні таллап алғабыс. Арифметиканың тӧрт ӧӧн иділізін таныхтапчатхан *хатирі*, *хозары*, *ўлирі*, *алары* сöстернiң орнына, каламбурлар чiли, *хастирi*, *хостирi*, *ўлгўлирi*, *алгирi* сöстер пол парғаннар. Школа предметтерiнiң пасха аттарын адирға, хаңалҷос оңдайынаң *талай* сöске *-ыс* сöс пўдiрҷең хозым хазыбысханда, *Талайыс* пол парған, а *тиңiс* сöске *-ология* орыс хозымны хозыбысханда, *Тиңiсология* пол парған. Талай школазының пасха предметтерiн, тiзең, ойын пазында *Сарнахтас*, *Салғахтас* паза *Салбахтас* тiп адап салғабыс. Тiллер ўгренiзi хоостыра предметтернi, каламбурлар чiли, *тадар* паза *хазах* сöстер орнына *тадал* паза *хазал* тiп адап салғабыс. *Тадал* сöс хакас тiлiнде тилем тузаланылбинчатхан даа полза, аның «хырыстабысты» таныхтапчатханын хығырығҷылар пiлче поларлар. Ўзiнҷi тiл предмедiн, хормачыланып, *Салчыхтал* тiп адап салғабыс.

Iдöк сöстер ойынын хулаххa истерге оой, килiстiре ползын тiп, идерге кўстенгебiс. Кöзiдiмге, «*Хооралар хоорган хоохтарны чирге полып, хоол чар хоостыра хоосхаларны хооп чöрчелер. Тике тiбинчелер ноза: „Сiрер хооралар зар, аннаңар соонда ла хооп чöрчезер“.*» Пу чоохтағда узун оо гласнайлығ сöстер удаа тузаланылчалар: *хооралар*, *хоорган*, *хоох*, *хоол*, *хоостыра*, *хоосхалар*, *хооп чöр*.

Таныхтирға кирек, *Алисаның Хайхастар Чирiнзер чорығы* нымахтың пасха тiллерге тiлбестеглерiнiң кибiрлерi хоостыра, ол хакас хығырығҷаа чағын ползын иде, хайзы омалар паза оларның аттары кöмес алыстырылғаннар. Хакас аттары «д» букванаң пасталбинчатхан сылтаанда паза хакас сингармонизм законынҷа *Дина* паза *Додо* аттар *Тина* паза *Тото* пол парғаннар. *Ада*, *Мейбл* паза *Мэри-Энн* хызыҷахтар аттары хакас оңдайынҷа *Тана*, *Майра* паза *Мерей* тiп алыстырылғаннар. Ах Кроликтiң *Пэт* чалҷызына *Пычанка* тiп ат килiстiргебiс, *Билл* килескi—чалҷызына, тiзең—*Кичемей* ат пиргебiс (Килескi—Кичемей тööй букваларнаң пасталчалар ноза), че орыс тiлбестеглерiнде ол Яша полча. *Лора* (попугай-лори)—ол пиҷезi, Лорина. Олох чар дыхтағы канарейка *кеерген* пол парған. Сибирьде чох *Соня* аңыҷахтың орнына хакас хығырығҷыларға чахсы таныс *Тарбағанны* турғыс салғабыс. Ідӧк хакас фольклорында чох *Грифон* мифологическай оманы тастындағы кӧрімі хоостыра *Арсланхус* тіп адап салғабыс, аның пазы—хара хусти, пӱткен пӱдізі ала парсти ноза. Чоохтирға кирек, пастап пу оманы піди Кулер Тепуков Арсланкуш тіп адап салған, хайзы 2016 чылда пу нымахты алтай тіліне тілбестеен. Арсланхустың арғызы Mock Turtle-ні, А. А. Щербаков кӧрімі хоостыра «Черепаха-Телячьи Ножки» адаан чіли *Інек Азахтығ Таспаға* тіп адаабыс. Прай пу омаларны Джон Тенниелнің классическай хоостарында кӧріп аларға чарир.

Хормачыланыстығ кибелістерні тілбестепчедіп, хығырарға хынығ паза сіліг ползын тіп, оларға килістіре рифмалар иткебіс. Андағ оңдайнаң, пістің тілнің сілиин, ис-пайын паза аның хакас сағыс-кӧгіске пасхаҷыл даа омаларны толдыразынаң хоостап полчатханын кӧзіт пирерге сіренгебіс. Кӧзідімге, кірістіг кибелістің халғанҷы абзацы мындағ:

Алиса! Пу синің нымағазың,
Тутхлап кӧр аны холыҷааңнаң.
Таңнастығ чир—синің сағызың,
Хайраллазын аны паарсаснаң,
Ырахтын килген порчоны чіли,
Чазыттығ чолҷылар кӱзеткели.

Пілдістіг, чир ӱстӱндегі палалар удур-тӧдір чахсы пілісчелер; олар, хайдағ даа нациялығ, тілліг, расалығ, киртіністіг ползыннар, че прайзы тӧӧйлер: чалахайлар, азых чӱректіглер, піліссер тартылчалар. Алиса хызыҷах ана андағох хылыхтығ. Ол, запад культуразының кізізі чіли, чуртассар паза ибіркізер пос оңдайынҷа кӧрчетсе дее, хакас олғанахтарның чағын нанҷызы пол парарына ізенчебіс.

Мин саблығ тілҷі, кинде сығарчаң ус Майкл Эверсонға, паза проекттің устағҷызы Джон Линдсетке, мағаа «*Алиса-*

ның Хайхастар Чирінзер чорығы» нымахты аймах тіллерге тілбестир тоғыста аралазарға оңдай пирген ӱчӱн, асхынах чоннарның тіллеріне улуғ хайығ айландырып, оларны тилідер паза хайраллап халарынҷа килкім тоғыс апарчатханнары ӱчӱн улуғ алғызым читтірчем.

Мария Чертыкова
Ағбан саар, Хакас Республиказы
Россия Федерацияcы

2017 чылның кӱрген айы

Предисловие

Льюис Кэрролл—псевдоним Чарлза Латвиджа Додсона* (1832–1898), знаменитого английского писателя и преподавателя математики колледжа Крайст Чёрч в Оксфордском университете. Он был близким другом семьи ректора колледжа, Генри Лидделла, и рассказывал сказки юной Алисе (которая родилась в 1852) и ее старшим сестрам Лорине и Эдит. Однажды—4 июля 1862 года—Кэрролл, его друг, преподобный Робинсон Дакуорт, и трое девочек отправились на лодочную прогулку и устроили пикник на берегу реки. Во время этой прогулки Кэрролл и рассказал историю о девочке по имени Алиса, которая упала в кроличью норку и ее необычайных приключениях в волшебной стране. Алиса попросила Кэрролла записать для неё эту сказку, и через некоторое время рукопись была готова. Позже к ней были сделаны добавления и исправления, и в 1865 г. была опубликована книга. С тех пор всевозможные версии «*Приключений Алисы в Стране чудес*» появились на различных языках по всему миру. Перед вами—первый перевод на хакасский язык.

* Настоящая фамилия Льюиса Кэрролла традиционно, но неверно передаётся по-русски как «Доджсон». В английском оригинале буква «g» не произносится, поэтому мы используем написание «Додсон». Именно так сам Кэрролл произносил свою фамилию. – *М.Э.*

Хакасы—тюркоязычный народ, испокон веков проживающий на юге Сибири, в Республике Хакасия, которая входит в состав Российской Федерации. Численность хакасов на современном этапе—66,7 тыс. Абсолютное большинство хакасов—90% (60 тыс. чел.)—живут в Республике Хакасия, составляя 11,8% её населения.

До Октябрьской революции 1917 года хакасы не имели общего самоназвания и представляли собой ряд тюркоязычных племен (качинцев, кызыльцев, сагайцев, койбалов, бельтыров, шорцев и др.), известных под названием минусинские (или абаканские) татары или абаканские (или енисейские) тюрки. После 1917 года эти племена консолидировались в единую народность, приняв имя древних киргизов в его китайской транскрипции—хакас. Однако этот народ имеет более древнюю историю, в которой они переживали и взлёты и падения. Героическая, насыщенная яркими событиями и в тоже время трагическая история предков этого народа отразилась на их традиционной духовной культуре. Одним из ярких примеров духовного наследия хакасов, и в настоящее время не потерявшего своей ценности, является устное народное творчество, например, *алыптыг нымахтар* (богатырские сказания), которые требуют определённых традиций исполнения под аккомпанемент *чатхана* (многострунного национального инструмента). Мастер, рассказывающий *алыптыг нымахтар* посредством горлового пения, называется *хайджи* (сказитель).

Хакасский язык в языковой классификационной системе вместе с языками камасинским, чулымским, шорским, сарыуйгурским и северными диалектами алтайского языка состоит в хакасской подгруппе восточно-хунской ветви тюркской группы алтайской семьи языков. Хакасский литературный язык, сформированный на основе сагайского и качинского диалектов в период создания письменности в 20-х годах прошлого столетия, проделал большой путь в своём развитии. Основной пласт заимствований в хакасском языке представляет лексика монгольского и русского языков;

лексика других языков, особенно в последние десятилетия, проникает в хакасский язык через русский язык.

Большое влияние на развитие формальной и содержательной сторон хакасской литературы оказали переводные произведения, в частности произведения русской, советской и зарубежной классики—А.С.Пушкина, А.П. Чехова, М. Горького, К. Чуковского и Г.-Х. Андерсена и др., а также были переведены многочисленные русские народные сказки. Некоторые из этих произведений вошли в школьные программы по хакасской литературе. Обратной стороной данного процесса стало то, что русские читатели и читатели в других национальных республиках получили возможность познакомиться со многими произведениями хакасских писателей и поэтов, а также произведениями устного народного творчества, переведёнными на русский язык. Как известно, знакомство с такими произведениями сближает народы и позволяет взглянуть на иную культуру через призму своего родного языка.

Думаем, что издание сказки английского писателя Льюиса Кэрролла «*Приключения Алисы в Стране чудес*» на хакасском языке («*Алисаның Хайхастар Чирінзер чорығы*») станет немаловажным и значимым событием в хакасской детской литературе. Конечно, эта удивительная, открытая, добрая девочка Алиса входит в хакасскую национальную картину мира как необычный персонаж. С самого рождения формирование национального сознания и мировоззрения хакаса основывается на национальных традициях и языческих верованиях, а также на любви к природе, которая органично сочетается с образами местной флоры и фауны. Чтобы Алиса стала ближе и роднее хакасским детям, мы старались её «одомашнить», насколько это возможно.

К сожалению, не имея возможности переводить данное произведение с английского, мы пользовались русским переводом А. А. Щербакова (1977). В ходе работы над переводом мы стремились достичь двух основных, непростых и, казалось бы, взаимоисключающих, целей: не отклоняться от текста оригинала и при этом, не нарушая лексических и стилистических закономерностей хакасского языка, создать близкие для хакасского читателя образы. В этом плане с первых же дней работы над переводом неоценимую помощь в виде советов, замечаний и рекомендаций по «одомашниванию» персонажей и соответствию хакасского текста его английскому оригиналу оказывал редактор-консультант Виктор Яковлевич Фет, за что мы ему бесконечно благодарны и признательны.

В ходе работы над переводом приходилось сталкиваться с непереводимыми на хакасский язык словами, или несвойственными для хакасской национальной картины мира явлениями, в том числе, с отсутствием хакасских аналогов русских слов. Так, для слова «веер» нам пришлось дать описание в виде словосочетания: *сӧрӧнненҷең сабынҷах* (букв., ‘то, чем обмахиваются для того, чтоб остудиться’).

Использование таких слов как необычных и непереводимых на хакасский язык, как *сэр, леди, валет, герцогиня* помогло выполнить две установки: во-первых, в какой-то мере сохранить колорит западной культуры, а во-вторых, внести необычные образы в хакасскую литературу. Карточные персонажи также станут неожиданными и интересными новшествами в представлении сказочного мира маленьких хакасских читателей.

При переводе данного произведения для нас самым сложным был процесс изображения на хакасском языке многочисленной игры слов (каламбуров) со скрытыми и, в некоторой степени, философскими смыслами. Иногда здесь нам помогали хакасские пословицы и поговорки, звуковые оболочки которых просты и легки в произношении. Такие фольклорные элементы введены, например, в слова Герцогини: *«Аны мыннаң ырах ниместе аныпчалар. Ӧӧн сағыс мындағ: „Хуба тас—тас пас нимес, кӱнге сағылып, чалтырабас; атхан ух нанмас, парған кізі айланмас!“»* («Его добывают недалеко отсюда. Мораль отсюда такова: „Минерал—не лысая голова, не будет сверкать, отражаясь на солнце; пущенная пуля не вернётся, ушедший человек не возвратится.“»). Здесь употреблена звуковая игра слов *тас—пас—чалтырабас; нанмас—айланмас* (‘камень, голова, не засверкает; не вернётся [домой]—не возвратится’).

Для игры слов, относящейся к названиям школьных предметов, мы подобрали *Пазахтас* и *Хыгдырас* (*Пазахтас* ‘сбор колосьев’, *Хыгдырас* ‘грохотание’) вместо *Пазыс* и *Хыгырыс* от глаголов *пас- /пазарга* ‘писать’, *хыгыр- / хыгырарга* ‘читать’. Каламбуры на четыре действия арифметики были представлены игрой слов *хастирі* ‘очищение’, *хостирі* ‘догонять’, *ӱлгӱлирі* ‘властвование’, *алгирі* ‘благословление’, вместо *хатирі* ‘умножение’, *хозары* ‘сложение’, *ӱлирі* ‘деление’, *алары* ‘вычитание’ (от глаголов *хата- / хатирга* ‘умножать’, *хос- /хозарга* ‘прибавлять’, *ӱле- / ӱлирге* ‘делить’, *ал- / аларга* ‘отнимать’). Для других игровых названий школьных предметов нам удалось также придумать новые слова: при прибавлении к слову *талай* ‘море’ словообразовательного аффикса *-ыс-* получилось *Талайыс* (‘мореведение’). К хакасскому слову *тиңіс* ‘океан’ мы добавили русский аффикс *-ология*, в результате чего получилось слово *Тиңісология*. Другие «морские» предметы получили названия *Сарнахтас* ‘прохлаждение’, *Салгахтас* ‘волнование’ (к слову *салгах* ‘волна’ добавлены аффиксы *-та-* и *-с-*) и *Салбахтас* ‘болтание’ (существительное от глагола *салбахта- / салбахтирга,* ‘болтаться’). Для каламбуров, обозначающих изучение языков, мы выбрали такие языки как *тадал* (‘скандал’ вместо *тадар* ‘хакас; хакасский’), *хазал* (‘втыкаться’) вместо *хазах* ‘русский (как лицо и как признак)’, а название предмета *Салчыхтал* ‘ругань, брань’ имеет юмористический оттенок. Следует отметить, что слова *тадар* ‘хакас; хакасский’ и *хазах* ‘русский (как лицо и как признак)’ наиболее употребительны и происходят из просторечного стиля хакасского языка.

Мы также применяли игру слов, рассчитанную на слуховое восприятие, например: «*Хооралар хоорган хоохтарны чирге полып, хоол чар хоостыра хоосхаларны хооп чӧрчелер. Тике тібинчелер ноза: „Сірер хooраларзар, аннаңар соонда ла хooп чӧрчезер“.*» (‘Хариусы для того, чтоб поесть поджаренной шелухи [от зерна], плавают вдоль дуплистых берегов за кошками. Не зря же говорят: „Вы—хариусы, поэтому вы плетётесь всегда сзади“’). Здесь сочетаются слова *хooралар* ‘хариусы’, *хooрган* ‘калёный, жареный’, *хooх* ‘шелуха [от зерна]’, *хooл* ‘дупло; дуплистый’, *чар хooстыра* ‘вдоль берега’, *хooсхалар* ‘кошки’, *хooп чӧр* ‘всегда ходить следом’, и введена фонетическая игра слов на двойное сочетание «оо», которое в тюркских языках произносится как слитная долгая гласная.

Согласно принятой традиции переводов «*Алисы…*», некоторые персонажи или их имена были «одомашнены» для того, чтобы сделать их ближе хакасскому читателю. *Дина* и *Додо* были названы *Тина* и *Тото* (хакасские слова обычно не начинаются со звука «д»). Вместо женских имён *Ада*, *Мейбл* и *Мэри-Энн* выбраны хакасские *Тана*, *Майра* и *Мерей*. Работники Кролика *Пэт* и *Билл* получили имена *Пычанка* и *Кичемей* (которое начинается так же, как *килески*, ящерица, ср. Яша в русских переводах). *Лора* (попугай-лори)—это сестра Алисы, Лорина (Глава III). Канарейка, которая имеется в той же главе, стала удодом (*кеерген*). Вместо *Сони* (животное, не обитающее в Сибири) мы ввели хорошо знакомого хакасским читателям сурка-тарбагана (*Тарбаган*). Малознакомый мифологический персонаж *Грифон* был назван описательно *Арсланхус* («Лев-птица»); здесь мы следовали недавнему переводу Кулера Тепукова (2016) на алтайский язык, где Грифон назван Арсланкуш. Его друг Mock Turtle был назван *Інек Азахтыг Таспага* в соответствии с описательным именем Щербакова («Черепаха-Телячьи Ножки»). Это название полностью соответствует классическим иллюстрациям Джона Тенниела, коротые воспроизводятся в данном издании.

При переводе пародийных стихов мы старались подбирать соответствующие рифмы, для того, чтоб они читались легко и красиво; тем самым мы старались также показать красоту и богатство нашего языка, которое в состоянии передать и такие необычные для хакасского менталитета образы.

Как известно, дети всего мира одинаковы и хорошо понимают друг друга, несмотря на национальную, языковую, расовую, религиозную принадлежности. Они все открыты, любознательны, добры; всеми этими чертами характера обладает и Алиса. И мы надеемся, что, несмотря на то, что девочка Алиса, как маленькая представительница западной культуры со своими взглядами на мир и пониманием жизни, станет близким другом и для хакасских детей.

Я выражаю огромную благодарность и признательность известному лингвисту, издателю Майклу Эверсону и руководителю проекта Джону Линдсету за предоставленную возможность участвовать в проекте переводов сказки «*Приключения Алисы в Стране чудес*» на разные языки мира, за их большой интерес к редким языкам, и за их реальные дела, которые способствуют развитию и сохранению этих языков.

Мария Чертыкова
Абакан, Республика Хакасия
Российская Федерация

январь 2017 г.

Foreword

Lewis Carroll is the pen-name of Charles Lutwidge Dodgson* (1832–1898), a writer of nonsense literature and a mathematician in Christ Church at the University of Oxford in England. He was a close friend of the Liddell family: Henry Liddell had many children and he was the Dean of the College. Carroll used to tell stories to the young Alice (born in 1852) and her two elder sisters, Lorina and Edith. One day—on 4 July 1862—Carroll went with his friend, the Reverend Robinson Duckworth, and the three girls on a boat paddling trip for an afternoon picnic on the banks of a river. On this trip on the river, Carroll told a story about a girl named Alice and her amazing adventures down a rabbit hole. Alice asked him to write the story for her, and in time, the draft manuscript was completed. After rewriting the story, the book was published in 1865, and since that time, various versions of *Alice's Adventures in Wonderland* were released in many various languages. You are now holding the first translation to Khakas, a Turkic language of Siberia.

* Lewis Carroll's real surname in Russian sources is traditionally but incorrectly transliterated as Доджсон (Dodzhson). In English, "g" is silent, therefore in the Evertype editions we use transliteration Додсон (Dodson); this is how Dodgson himself pronounced it. – *M.E.*

The Khakas people are an indigenous ethnic group of southern Siberia, in the Republic of Khakassia, which is a part of the Russian Federation. Today, the Khakas number 66,700, of which 90% (60,000 people) live in Khakassia, where they comprise 11.8% of the population.

Prior to the Russian revolution of 1917, the Khakas did not have a common name, and included a number of Turkic-speaking tribes (Kachi, Kyzyl, Sagai, Koybal, Beltyr, Shor, etc.) collectively known then as the Minusink (or Abakan) Tatars, or Abakan (or Yenisey) Turks. After 1917, these tribes consolidated into a single group, which accepted the name "Khakas", which is a Chinese transcription for the ancient Kyrgyz. The Khakas people, however, have their own ancient history with its rises and falls. A heroic, full of dramatic events and tragedies history of the ancestors of the Khakas people is reflected in their traditional spiritual culture. One of the important facets of the Khakas spiritual heritage, which still holds its value, is their oral folklore, such as *алыптығ нымахтар* (*alıptığ nımahtar* 'heroic legends'), which are traditionally recited with an accompaniment of *чатхан* (*çathan,* a multi-stringed national instrument). A traditional presenter who tells the *alıptığ nımahtar* by throat-singing is called *хайджи* (*haydjï* 'a storyteller'.)

The Khakas language is classified (together with the Kamas, Chulym, Shor, Sary-Uighur and northern dialects of Altai) in a Khakas subgroup of the East Hun branch of the Turkic group of the Altaic language family. The literary Khakas was formed on the basis of the Sagai and Kachi dialects in the 1920s when the Khakas literacy was created, and has experienced significant development. The Khakas borrowed mostly from the Mongol and Russian; the lexical elements of other languages penetrated into Khakas, especially in the recent decades through Russian language.

A great effect in the development of form and content of the Khhkas literature was due to translation of the classic Russian,

Soviet and foreign literature. Among the translated were the works of Alexander Pushkin, Maxim Gorky, Anton Chekhov, Korney Chukovsky, and Hans Christian Andersen, as well as numerous Russian folk fairytales. Some of these titles are studied in schools within the Khakas literature lessons. On the other side, was that all those who read Russian (both in Russia and other national republics) got an opportunity to read many works by the Khakas writers and poets, as well as the Khakas oral folklore, in Russian translations. These activities bring different peoples close to each other and allow to get a look at another culture through one's own language.

The first publication of the classical English tale by Lewis Carroll, *Alice's Adventures in Wonderland* in Khakas as *Алисаның Хайхастар Чірінзер чорығы* (*Alïsanıñ Hayhastar Çïrinzer çorığı*) is an important event for the Khakas children's literature. Of course, Alice, an amazingly open and kind girl, is an unusual character for the Khakas worldview. A Khakas child's formation is still largely based on national traditions and ancient beliefs, as well as on the intrinsic connection to nature, to the local fauna and flora. To make Alice closer to the Khakas children, we tried to "domesticate" her to a certain degree.

Since I was not able to translate directly from English, I used the Russian translation of Alexander Shcherbakov (1977). As the work on the Khakas text progressed, I tried to achieve two main, complex and seemingly conflicting goals: to be true to the original and at the same time, without violating Khakas language and style, to create images close to a Khakas reader. In this, I benefited, from the very start, assistance of the Advisory Editor of this project, Victor Fet, to whom I am deeply grateful for his advice, comments and recommendations on both "domestication" and correspondence of the Khakas text to the English original.

In the course of this translation, I encountered words that are not translatable into Khakas, or unfamiliar for Khakas culture, as well as Russian words lacking in Khakas. For example, I had to use an explanatory translation for *веер* (*veer* 'fan') as *сӧрӧнненчең сабынчах* (*sörönnenceñ sabıncah*, literally, 'something you fan yourself with to cool down').

Using Russian words (which are, in their turn, foreign in origin) that are not translatable into Khakas, such as *сэр, леди, валет, герцогиня* (*sér, ledï, valet, gertsogïnia* 'Sir, lady, Knave, Duchess') allowed both to preserve an appearance of a Western story and introduce these images into the Khakas literature. Therefore, the playing-card characters will become an unexpected and curious innovation in a fairytale world of the little Khakas readers.

The most challenging task in this translation was rendering of numerous worldplay (puns) with hidden, and somewhat philosophical, meanings. Some help could be found in the Khakas folk sayings and proverbs, which provided simple and easily pronounced phonetic "shells." Such folkloric elements, for example, were incorporated in Duchess's words: *«Аны мыннаң ырах ниместе аныпчалар. Ӧӧн сағыс мындағ: „Хуба тас—тас пас нимес, кӱнге сағылып, чалтырабас; атхан ух нанмас, парған кізі айланмас!"»* (*«Anı mınnañ ırah nïmeste anıpçalar. Öön sağıs mındağ: „Huba tas—tas pas nïmes, künge sağılıp, çaltırabas; athan uh nanmas, parğan kïzï aylanmas!"»* '"There is a mine close-by. And the moral of that is: 'A rock [mineral] is not a bold head, it will not shine at the sunlight; a bullet, once shot, does not return; one who has left does not come back home'".) Here, folkloric rhyming wordplay is used: *тас—пас—чалтырабас; нанмас—айланмас* (*tas—pas—çaltırabas; nanmas—aylanmas* 'rock—head—will not shine; does not return—does not come back'.)

In rendering wordplay on school subjects, *Пазахтас* (*Pazahtas* 'collecting grain tusks') and *Хығдырас* (*Hığdıras* 'thundering') were chosen as puns on *Пазыс* (*Pazıs* 'writing') and *Хығырыс* (*Hığırıs* 'reading'). The puns on the four actions of arithmetic were: *хастирі* (*hastïri* 'cleansing'), *хостирі* (*hostïri* 'chasing'), *ӱлгӱлірі* (*ülgüliri* 'ruling'), and *алғирі* (*alğïri* 'blessing') which stood for *хатирі* (*hatïri* 'multiplication'), *хозары* (*hozarı* 'addition'), *ӱлірі* (*üliri* 'division'), and *алары* (*aları* 'subtraction'.) New words were invented for other school subjects of Gryphon and Mock Turtle; adding an affix to *талай* (*talay* 'sea') yielded *Талайыс* (*Talayıs* 'Seaology'). To Khakas *тиңіс* (*tïñis* 'ocean'), we added a Russian affix *–ология* (*–ologïia*, '–ology') resulting in *Тиңісология* (*Tïñisologïia*). Other "marine" school subjects were named *Сарнахтас* (*Sarnahtas* 'cooling'), *Салғахтас* (*Salğahtas* 'sea-waving', from *салғах salğah* 'seawave'), and *Салбахтас* (*Salbahtas* 'bobbing, hanging loose'.)

For language subjects, I chose *Тадал* (*Tadal* 'Scandal') instead of *Тадар* (*Tadar* 'Khakas'); *Хазал* (*Hazal* 'Piercing, stabbing') instead of *Хазах* (*Hazah* 'Russian'); and *Салчыхтал* (*Salçıhtal* 'Cussing; a humorous word). Both *tadar* ('Khakas') and *hazah* ('Russian') originate from the folk vocabulary of Khakas language, and are commonly used words.

Additional folk-style, rich phonetic wordplay with nonsense content was occasionally introduced, such as: *«Хооралар хоорған хоохтарны чирге полып, хоол чар хоостыра хоосхаларны хооп чӧрчелер. Тике тібинчелер ноза: „Сірер хоораларзар, аннаңар соонда ла хооп чӧрчезер".»* (*«Hooralar hoorğan hoohtarnı cïrge polıp, hool çar hoostıra hooshalarnı hoop çörçeler. Tïke tibïnçeler noza: „Sirer hooralarzar, annañar soonda la hoop çörçezer".»* 'Graylings always swim along the shores full of treeholes, following cats in order to eat fried grain chaff. This is why they say: „You are graylings so you always lag behind".') This is a phonetic combination of *хооралар* (*hooralar* 'graylings [a Siberian fish, *Thymallus arcticus*]'), *хоорған* (*hoorğan* 'fried'), *хоох* (*hooh* 'grain chaff'), *хоол* (*hool* 'treehole'), *чар хоостыра* (*çar hoostıra* 'along the shore'), *хоосхалар* (*hooshalar* 'cats'), and *хоол чöр* (*hoop çör* 'always to follow'.) In addition, these sentences include phonetic play on the diphthong "oo" which in Turkic languages is pronounced as a single long vowel.

Following the tradition of *Wonderland* translations, some characters or their names were "domesticated" to make them closer to a Khakas reader. *Dinah* and *Dodo* became *Тина* (*Tïna*) and *Томо* (*Toto*), since Khakas words rarely begin with 'd'. For *Ada*, *Mabel*, and *Mary-Ann* we used the Khakas female names *Тана* (*Tana*), *Майра* (*Mayra*) and *Мерей* (*Merey*). Rabbit's servants Pat and Bill were called *Пычанка* (*Pıçanka*) and *Кичемей* (*Kïçemey*; the latter begins with the same syllable as *килескі* (*kïleski* 'lizard'), cf. *Яша* and *ящерица* (*Iasha* and *iashcheritsa*) in Russian translations.) *Лора* (*Lora*, the Lory) is Alice's sister, Lorina (Chapter III). A Canary, who briefly appears in the same chapter, was replaced by *Кееpген* (*Keergen*, 'a Hoopoo'.) The Dormouse, which is not found in Siberia, was replaced with a well-known *Тарбаған* (*Tarbağan*, 'a Marmot'). The unfamiliar mythical Gryphon was named descriptively, *Арсланхус* (*Arslanhus*, 'a Lion-Bird'). Here, we followed the recent Altai translation by Küler Tepukov (2016) where the Gryphon was called Arslankush. His friend Mock Turtle was named *Інек Азахтығ Таспаға* (*Inek Azahtığ Taspağa*, 'Calf-Feet Turtle') following Shcherbakov's Russian translation *Черепаха-Телячьи-Ножки* (*Cherepakha-Teliach'i-Nozhki*). This descriptive name corresponds to the classic illustrations by John Tenniel, reproduced in our edition.

The parody poetry was translated using simple but harmonious rhymes that would show richness and beauty of the Khakas language and, at the same time, reflect its ability to render the images unfamiliar to the Khakas mentality.

Children across the world share same traits and easily understand each other, whatever is their ethnic, language, or religious background. All children are open, curious, and kind. Alice has all these traits, We hope that this girl, a child representative of the Western culture, with her worldview and understanding of life, would become a close friend of the Khakas children.

I am grateful to the prominent linguist and publisher Michael Everson, as well as the project leader Jon Lindseth, for the opportunity to participate in the project of the translation to world languages, for their interest in rare languages, and for their work, which facilitates the development and preservation of these languages.

Maria Chertykova
Abakan, Republic of Khakassia
Russian Federation

January 2017

(translated by Victor Fet)

Алисаның
Хайхастар Чирінзер
чорығы

Contents

Ибіркіні сыңырадып, хатхырыс чайылча.
Суғ хастади алтын чолыҷах чатча,
Сибірек салғахта чалғыс киме чайхалча,
Ікі пала іскістернең сіреніп тоғынча.
Ӱзінҷі ööрелері, кöрчем, тике ле харасча
Пасха саринзар, че киме, тізең, таласча.

О, ӱс илегҷі! Амды хайбағынып минзер,
Пӱркекнең сала ла тыннығ позымзар,
Алданчалар сыбыхтаснаң «Нымах ыс пирзер,
Арса, анзы даа, кӱс хозып, піске хабазар.»
Мин, тоғырланып, полбаста ла ынаам.
Чалғыс позым ӱзöлеңнең хайди азам?

Prima. Амох пастим,(ӱлгӱ анда),
Сурыныс-чахиин толдырып.
Secunda прай нымахтарны хада
Сурча, пір саңай путхастыртып.
Tertia, тізең, узун чоох аразында
Тохтатча пісті, тынандырып.

Ибіре сым на. Чооғым узарапча.
Нымахтағы хызыҷахтың соонҷа.
Сағыс салғағы ла пісті апарча
Тілбірöс аң-хустарның аразынҷа,
Ол чирзер, хайда чуртас пасхаҷыл.
Че прай ниме пілдірче сынҷыл.

Че кööрес сууҷағы соол парып,
Хурғапчатхан сас чіли пол парды.
Хайран тілім, майых парып,
«Соонаң чоохтим» тіп сурынды.
Че олар хысчалар «Чох, чох!
Чоохта амох паза мындох!»

Іди полғабыс Хайхастар Чирінде,
Хайзы пу нымахтың адында.
Істер артызып, чöріс айнычча,
Арығ таңнас чуртасха айланча:
Кӱн тағлар кистінзер чазынча,
Олғаннар хатхы-кӱлкіде нанча.

Алиса! Пу синің нымағазың,
Тутхлап кöр аны холыҷааңнаң.
Таңнастығ чир—синің сағызың,
Хайраллазын аны паарсаснаң,
Ырахтын килген порчоны чіли,
Чазыттығ чолҷылар кӱзеткели.

Чардых I

Кроликтің Інінче—Чир Алтынзар

Алисаа от аразында пичезінең хости, пір дее ниме итпин, одырарға най ла эрістіг полған. Ол, нинчеде хатап пичезі хығырчатхан киндезер хараңға пахлап көрген, че анда хоостар даа, хысхачах чоохтазығлар даа чох полған. «Піл полбинчам» сағынған Алиса. «Ноо хынығдыр андағ кинделерні хығырчадарға.»

Анаң Алиса сағысха түзібіскен (итсе, ағаа сағынарға оой ла полбаан, ізіге майығып, узиры килген). Нөөс андағ чапсых паза хынығ полар чахайахтарнаң пасха кисчең чазанчых үрерге—турып алып, пас чөрерге, анаң чахайах үзерге мөкейерге кирек ноза. Іди ол, сағысха түзіп, одырчатханда, кинетін хыринда хызыл харахтығ Ах Кролик, көріне түзіп, чіде халған.

Че мында пір дее чапсых ниме чох полған. Алиса Кроликтің «Йо-йо-йо! Орайлат парим!» тіп пулбыранчатханын ис салғанда даа, пу нимені хайхасха санабаан; ағаа прай пу полчатхан кирек олаңай ла пілдірген. Анаң соонаң на, хачан пу кöрген нимені сағысха кирерге тус пар пол парғанда, ол оңнаан, сынында пу уғаа чапсых кирек полтыр. Че хачан Кролик жиледiнiң iзебiнең сағат сығарып, андар кöрiбiскенде ле, Алиса хайхаанынаң тура хон килген. Мының алнында ол хачан даа жилетте iзептiг, уламох сағаттығ, кроликтерні кöрбеен полған ноза. Ниме полчатханын пiлерге харазып, ол Кроликтiң соонча ачых чазычахты öтiре чӱгӱр сыххан.

Кролик сиден алтындағы чоон iнзер кире ойлабысхан, Алиса—аның соонча. Ол туста ол андартын хайди нандыра сығып аларынаңар сағынмаан даа.

Кроликтiң iнi пастап, туннель чiли, кöнi сööлiнген, анаң кинетiн не ӱзiл чöрiбiскен. Алиса, тохтап парып, оңарынарға даа маңнанмаан—уғаа тиреӊ хутух осхас чирзер кире тӱс чӧрібіскен.

Таң ол хутух андағ най ла тиреӊ полған ма, алай Алиса іди ӱр андар аӊдарылған ма, че ол учуғыста Алисаа ибіресибіре харахсынарға паза мыннаң мындар хайди полардаңар сағынарға тус пар чіли пілдір парған. Пастап Алиса, хайдар аңдарылчатханын пілерге полып, алтынзар кӧрібіскен, че анда хап-харасхыдаңар пір дее ниме кӧрінмеен. Анаң Алиса хутухтың стенелерінзер харах тастаан: олар прай ідіс-хамыстығ паза кинделіг ілгӧрлер полтырлар. Алиса учуғыста пір ілгӧрдең «АПЕЛЬСИННЕҢ ИТКЕН ДЖЕМ» тіп пазылых банканы хаап алған, че, ачырғасха, анзы хуруғ полтыр. Че аны, алтында піреезіне теепарбазын тіп, тастабызарға чаратпин салған. Мындағ учуғыста даа полза, аны пазох хайдағ-да ілгӧрзер нандыра турғыс саларға киліскен.

«Кӧрдек мыны! Сынап таа, амды мағаа кірлестеӊ тохара тӱзерге ноо нимезі полҷаң! „Йо“ даа тібеспін! Амды пілзіннер прайзы, хайдағ мин махачыбын. Кірлес ноо нимезі полчаң! Хыр ӱстӱнеӊ дее аңдарыл парзам, пір дее аахтабаспын!» сағынча Алиса. (Йа, аның мындағ сағызында сын парох полған.)

Пу аңдарылыс пір дее, пір дее пір дее тохтабинчатхан. «Алай пу ниме хаҷан даа тоозылбас па!» тың иде чоохтаныбысхан Алиса. «Сынап таа ханҷанчы милын учух парир полҷаңмын? Чирнің кінінзер чағдап таа парим, неке. Тохтадах-тохтадах! Чирнің кініне теере тӧрт муң миль полбадыҷых па…» (Сынап пілерге сағынзар, Алиса мындағ нимелерні уроктарда ӱгренген. Че позының пілістерін кӧзідерге *тың на килістіре* оңдай полбаан даа полза—исчеткен кізілер чоғыл ноза—азынада мындағ хыйға сӧстерні адағлирға ӱгренерге кирегӧк.) «…сынап алҷаастабинчатсам. Че хайдағ широтаға паза долготаға мин чит парды полҷаңмын?» (Сынында ниме полҷаң ол «широта», уламох «долгота» Алиса пу чағында даа пілбеен. Че хайдағ махалығ сöстер! Адирға даа чапсых!)

«Че сынап прай чирні öтіре учух парыбыссам чи? Азахтарынаң öөр пас чöрчеткен кізілернің аразында пол парзам, чоо хатхырарҷыхпын. Антипанттарның аразында (итсе, аны *пірдеезі* испинчеткені хомай нимес: пу сöс сынында піди адалбинчатханы іле полған). Мағаа оларнаң хайдағ чирде пол парғанымны сурастырарға килізер. „Пыром тастаңар, пу Наа Зеландия ба алай Австралия?“ (Пу сöстерні чоохтанчадып, ол кöмес одырыбызарға кӱстенген. Хайдағ хынығдыр! Учуғыста одырыбызарға! Хайди сағынчазар, сірер одыр поларҷыхсар ба?) Че олар „хайдағ ӱгредии чох хызыҷах!“ тіп сағынарлар. Чох, чох, хаҷан даа іди сурбаспын. Анда пірее чирде пазылых полар ла, неке.»

Че ол аңдарылыстың тоозылғаны пір дее, пір дее чох полған. Паза хайди ползын за, Алиса, кöмес сым полып алып, пазох чоохтан сыххан. «Тина иирге теере мағаа хайди даа сағын парар.» (Тина—ол аның хоосхазы полча). Аның айағазына сӱт ур пирерге ундубастар, неке. Тина, минің чахсыҷаам, син миннең хада аңдарылған ползаң! Ööн кӱскелер мында пар даа поларлар ба, че син учухчатхан кӱскелерні тударҷыхсың, олар андағохтар. Итсе, мин пілбинчем, хоосхаа учухчатхан кӱскелер тадии хоостыра хайдағ пілдірер ни зе. Ноға-да Алисаның пазох узиры килібіскен. Уйғаа пастырып ала, ол хатап-хатап чоохтанчатхан: «Хоосха учухчатхан кӱскелерні чирге хынар ни? Хоосха учухчатхан кӱскелерні чирге хынар ни?» Анаң оңар-тискер чоохтан сыххан: «Кӱскеҷек учухчатхан хоосхаларны чирге хынар ни?» Сынап ол даа, пу даа сурыға нандыр полбинчатсаң, пасхазы пар ба, хайдағ сурығларны паза хаҷан пирерге. Уйғаа пастыра, ол тӱс кöрчеткен, хайди ол Тинанаң хада, холтыхтазып алып, парча, хайди ол Тинанаң сурча: «Тина, чоохтадах мағаа кöнізінең, син учухчатхан кӱскелерні чирге хынчазың ма?» Че кинетін—трах! Бах!—Алиса сырыптар паза хуруғ пӱрлер ӱстӱне наплада тӱс парды. Аңдарылыс тоозылды.

Алиса пір дее хайтпаан, иді дее сойылбаан. Сах андох ол азахха тура тӱзіп, ööр харахсынған, че анда хап-харасхы полған. Аның алнында сööлінчеткен узун чолҷа Ах Кролик чӱгӱр париған. Аны ла кöр салып, Алиса, чил ле чіли, аның соонҷа ӱкӱс салған. Кроликке чит паритчадып, аның сыбыхтанчатханын ис халған: «Йо, хулағастарым! Йо, сағалахтарым! Орайлат салдым!» Анаң кинетін не Кролик хыйа тартыбысхан, Алиса—аның соонҷа, че анзы чіде халған. Алисаның алнында улуғ, ээн, изерістіре ілілген чарытхылығ зал тура тӱскен.

Залның ікі саринҷа толдыра ізіктер полғанннар, че прайзы пиктеглiг. Алиса прай ізіктерні тартхлап кöрген, анаң ол улуғ залның ортызында тур салып, хайди мындартын сығып алҷаан пілбин, пичелге тӱзібіскен.

Кинетін аның алнында ӱс азахтығ прай пӱкӱле сӱлейкенең иділген столычах тура тӱскен, анда—кічичек алтын клӱзек ле, паза пір дее ниме чох полған! «Пу клӱстең пірее ізікті азыбызызарға чарир, неке»—сах андох хабына тӱскен Алиса. Че, ачырғасха, ол клӱстең пір дее ізікті ас полбаан: таң пиктеглер най ла улуғ полғаннар ба, таң клӱзек най ла кічіг полған ма, че ол пір дее ізікке чарабаан. Залча хатап-хатап ибіре пас чӧрчедіп, Алиса чабыс кӧзеңені сизін салған. Аны азыбызып, кӧрзе, анда он пис дюймча ла чабыс ізігес пар полтыр. Алиса клӱсті аның пиктеензер суғыбызып, ӧрін тее парған: клӱс толғалча!

Алиса, ол кічичек ізікті азыбысханда, анда сосханахтың інінче ле, улуғ нимес чолычах пасталған. Алиса, тізектеніп, андар пахлабысханда, о, худайымай, пу чолычах сілігдең сіліг садсар апарчаттыр! Аның сах андох пу пӱлеңкі залдаң ол чарых чахайахтарзар паза сӧрӧн фонтаннарзар парары килібіскен. Че ол ізігесче аның пазы ла кӧмес-кӧмес ле иртчеткен. «Че пазым кӧмес иртчетсе дее, ноо туза. Иңнілерім, кӧксі-пилім олох ирт полбастар,» ачырғанған Алиса. «Ӧтіре пахлачаң хобыраххa айлан парчаң оңдай полған полза, хайди ӧрінерчікпін. Че кем пілер зе, хайди ол иділче.» Хачан синінең палғалыстыра андағ кӧп хайхастар полчатсалар, сынап таа пу чир ӱстӱнде син ит полбас нимелер чоғыл даа тіп сағынчазың.

Че ол ізігестің хыринда ниме сахтап турар. Алиса, позы даа пілінмин, столахтың хыринзар пас килген, анда пірее клӱс алай ба хайди хобырах пол парар оңдай таап алар чіли. Че анда кічичек флаконах пар пол партыр. («Пу мында чох полған хайза,» сағына тартхан Алиса). Ол флаконахтың мойнында чачын пағычах палғал партыр, хайда улуғ сіліг букваларнаң «МИНІ ІЗІБІС» тіп пазыл партыр.

«Мині ізібіс» тирге оой, че хыйға кічічек Алисачах маңзырабинчатхан. «Пастап прай көріп аларға кирек, пірее чирде „оо“ тіп пазыл парған полбазын,» теен ол. Алиса мының алнында хығырған полған, хайди палалар, өрттең ойнап, саай ит салчалар; пілінмин халып, ачын аңнарның ахсыларына кір парчалар алай ба оларнаң даа пасха хомай киректер пол парчалар. Че олар улуғларның олаңай даа чөптерін сағысха кир турған ползалар, пір дее андағ хомай нимелер полбасчых. Көзідімге, хызарта ізіп парған көзесті тударға чарабас—холың өртеп саларзың, пычах хабарға чарабас—пірее идің хый саларзың, анаң хан ағар, алай ба «оо» тіп пазылых птулканаң най көп ізібіссе, ирте алай орай, че кирек хомай тоозылар.

Че ол флаконахта *«оо»* тіп пазылбиндыр, аннаңар Алиса кӧмес оортабысхан. Уғаа тадылығ полтыр (тадии чистектіг халазахтың, саар хайахтығ кремнің, ананастың, хаарған хас идінің, помадканың паза хайахта хаарған халастың тадиина тӧӧй полған). Флаконах сах андох хуруғ халған.

«Хайди пасхаҷыл ла пілдірче, ӧтіре пахлаҷаң хобырах пол пардым, арса,» тапсаан Алиса.

Сах іди пол парған. Алиса ӧскен сынынаң онҷа ла дюйм пол парған. Анзын пілін салып, Алиса чоо ӧрін парған: амды кічиҷек ізігесче ол хайхастығ сіліг садсар ирт полар ноза. Че, андағ даа полза, ол, арса, алызии ам даа тоозылғалах тіп, маңзырабасха чаратхан. Іди сағын килгенде, ағаа хорғыстығ даа пілдір парған. «Піди кічігдең кічіг ле полып одырза, кӧйчеткен свечі чили, саңай хайыл парарға чарир,» чоохтанған ол. «Андада ниме халар минінең?» Читіре кӧйіп, ӱс парған свечіні Алиса хаҷан даа кӧрбеен, аннаңар ол хайдағ полчатханын сағысха кир полбаан, че андағ даа полза, аның кӧрімін харах алнында турғызарға кӱстенген.

Че Алиса паза алыспаан, аннаңар ол садсар парарға чарадыбысхан. Хошханах! Ізігессер пас килгенде, Алиса алтын клӱсті ундут салғанын хабына тартхан. Ол нандыра столзар ойлаан. Столда чатхан клӱс сӱлейке ӧтіре алтынаң чахсы кӧрінген, че аны андартын алып алҷаа чох полған! (Алиса кічиҷек пол парған ноза). Ол, столның азахтарына чарбанып, сығарға сіренген, че олар хайдадар чылғайах полғаннар! Тӱрчедең майых парып, Алиса, одырыбызып, сыхтап салыбысхан.

«Че, чидер! Ноо киректір ылғирға! Минің сірерге чӧбім—сағамох тохтат салыңар!» Алиса позы позынзар хатығ ӱннең айланған. Ол хынчаң позы позына ӱтреде чоохтанарға, (итсе, позыох ол чӧптерні толдырарға хынмачаң). Піреееде позы позын ылғада кире хырысчаң. Пірсінде, позы позынаң крокет ойнап, позы позын чӧндір салған, аның ӱчӱн, позына чабаланып, хулаан сӧӧ тартарға сіренген. Пу таңнастығ пала матап хынчаң ікі сырайлығ поларға. «Че амды ноо киректір посты ікі кізее санирға,» хомзынған Алиса. «Позымны пір кізее дее теере хайди чыып алим.»

Іди сағынчадып, стол алтында сӱлейке абдырачах кӧр салған. Ол абдырачах позы ла азыл парған, анда ӱзӱмнернең уғаа сіліг иде «МИНІ ЧІБІС» тіп пазылых халазах чатхан. «Че, чарир, мин сині чібізим» теен Алиса. «Анзынаң улуғ пол парзам, клӱсті столдаң алып алам. Че уламох кічичек пол парзам, ізік алтындағы тизікче ӱте халам. Ниме дее полчатсын, че мин садсар олох парам. Мағаа сағыссырачаң ниме чоғыл.»

Пазын (хай саринзар алыс сығарын тузында пілiп аларға харазып), холдаң тудынып, ол халазахты ызырыбысхан. «Че, хайди пол парирзың?» Ол пір дее алыспаан. Таңнастығ полған, че аның ӧскен сыны олох ла син халған! Хачан олаңай халасты чіпчетсең, мындағ поладыр. Алиса мындағы хайхастарға кӧнік тее парған, аннаңар олаңай, хайхастар чох чуртас амды ағаа хынии чох, оорли ла пілдірчеткен.

Андағ оңдайнаң, ол халазахты пір-ікі ле чібіскен.

Чардых II

Кӧл Синінҷе Харах Чазы

«Хайхастығдаң хайхастығ ла полып одырчададыр ноо!» хысхыра тӱскен Алиса (пу хайхастарға алаң ас парып, ол хайди орта чоохтанҷаан даа ундут салған). «Мин, чир ӱстӱндегі иң не узун ӧтіре кӧрчең хобырах чіли, сӧӧлін пардым! Азағастарым, анымҷохтар!» Сынап таа, аның азахтары кӧрінмес иде ырах пол чӧрібіскеннер. «Хайран минің азағастарым! Амды кем сірерге чулухтар паза ӧдіктер кизіртер? Мин амды кизірт полбаспын. Мин ырах полам, аннаңар сірерні, мааннап, кӧр полбаспын. Аннаңар сірер пірее-хайди постарың постарыңа сыданыңар.» «Че мин оларзар чахсы хайарға кирекпін» сағын салған Алиса. «Іди полбаза, олар мин парарға итчеткен чирзер парбастар. Тохтаңардах! Сағын таап алдым! Мин оларға Кӧлееде ӱлӱкӱнге орта наа ӧдіктер сыйлап турам.»

Анаң аның харах алнында турыбысхан, хайди ол азахтарына ӧдіктер сыйлап турар. «Піреезін, апар пирзін тіп, чаллирға килізер, неке. Хайдағ хынығдыр! Постың азахтарына сыйыхтар ызарға! Адрес тее чи хайди хынығ полар:

„Алисаның Оң Азағы Пиге
Сыйыхха решётка хыриндағы
пес алнында салҷаң кибіс!
Хыныснаң Алиса.“

«Ой, ниме мин салыстырчам,» тіпчедіп, Алиса пазынаң потолокка урун парған. Амды аның ӧскен сыны тоғыс фут пол парды.

Алтын клӱсті хаап алып, Алиса ізігессер ойлаан. Хайран позы! Ползар чаба чадып, ол саар хараанаң на сілігдең сіліг садха ӧкерсініп алған. Амды ол сад ағаа хаҷан даа чит полбас чіли ырах пілдір парған. Алиса, пазох одырыбызып, ылғап салыбысхан.

«Уйады чох! Син андағ... андағ улуғ хызычахсың! (Сынап таа андағ ноза!) А сыхтапчазың, йа? Тохтат сал сағамох! Исчезің ме, ниме мин сағаа чоохтапчам!» Че пу сытты тохтатчаа чох полған. Харах частары, талай суу чіли урылып, залға тӧртче дюйм тиреҥ тол парған.

Чағдапчатхан кічиҷек азахтарның пазыдын ис салып, Алиса, кем полҷаң пу тіп кӧрерге, харах частарын чысхлабысхан. Ол Ах Кролик айланчаттыр. Чоо, кил, чазан салтыр. Аның пір холында аппағас лайк перчаткалар, пірсінде, тізең—уғаа улуғ сӧрӧнненчең сабынчах. Ол хайдадар маңзырапчатхан паза чӱгӱріс пазында пулбыранчатхан: «Ах, пістің Герцогиня, Герцогиня! Тарынмаңардах! Мин Сірерні ӱр сахтаттырчам!» Улуғ пичелдегі Алиса кемнең дее полызығ сурынарға тимде полған. Кролик хыринча ойлап париғанда, ағырин, чалтанып ала, тапсаан: «Чарадыңардах Сірерзер айланарға, сэр!» Кролик, чочаанынаң сала тырбаңни тӱзіп, перчаткаларын паза сӧрӧнненчең сабынчағын тӱзір салып, харасхызар чылбыри ла халған.

Алиса перчаткаларны паза сӧрӧнненчең сабынҷахты чирдең алып алған. Залда уғаа пӱркек полған. Сӧрӧнненчең сабынҷахтаң сабынып ала, Алиса чоохтанып одыр: «Йо-о, хайдағ пасхаҷыл кӱндір пӱӱн! Киҷее, тізең, прай ниме олаңай ла полған. Алай мині хараазын алыстырыбыстылар ба? Тохта, тохта, а иртен мин позым полдыҷыхпын ма, алай позым полбаам ма? Итсе, мин пір дее алызығны сизінмеем. Че сынап мин—ол мин нимес ползам, андағда кем мин полчам? Кемнең мині алыстырыбыстылар за? Хыныг даа… Ана за хайдағ таптырғас пол парды!» Анаң ол позын кемнең алыстырыбысханнарын пiлiп аларға харазып, прай таныстарын паза ӧӧрелерін сағысха кир сыххан.

«Мин Тана нимеспін, анзы сын,» чоохтанған ол. «Тананың сазы узун паза сибірек, а минің сазым сибірек нимес. Мин Майра нимессімӧк. Ол пір дее ниме пілбинче, мин, тізең, прай ниме пілчем. Че сынап мин—ол ползам, а ол—мин полза, андағда… Ой, мин алҷаастан сыхтым. Мин мының алнында пілген нимелерні ам прай пілчем ме, чох па—анзын сынабызарға кирек. Тохтадах! Тӧртті писке хатаза—он ікі, тӧртті алтаа хатаза—он ӱс, тӧртті читее… Ой, піди мин чибіргее теере хаҷан даа санап полбаспын. Чох, санны хатаҷаа саналбинча. Географияны саназа, килізер. Лондон—Парижтің ӧӧн городы, Париж—Римнің ӧӧн городы. Рим… Рим… Чох, пу прай саба ноза! Мин—Майра полтырзым! Кибеліс чоохтап кӧримдек: „*Хайди алтын чазағлыг*…“!» Анаң ол, урокта одырчатхан чіли, холларын ипти сал салып, кибелістер хығыр сыххан, че ӱні позына хайдағ-да пасхаҷыл паза хырластығ пілдір парған. Сағызына, тізең, андағох пасхаҷыл сӧстер кір сыххан:—

«Хайди алтын чазағлыг
Пу чиит крокодил

Хастырых хузуриинаң
Нилні чара саапча!

О, хайди ол öкер, чапчаң чӱсче,
Устығ айғахтарын тырбыйтып!
Палыхтарзар, ырсайып, кӧрче,
Чітіг тістіг азығын адынып!»

«Сынап таа полза чи, пу пасха сöстер ноза!» мöңіссіреп, теен Алиса, анаң харахтары пазох суғлан чӧрібіскен. «Йа, мин Майра полтырзым. Амды мағаа оларның хызылыстығ турачахтарында чуртирға килізер, минің ойначахтар чох полар паза уроктарны мағаа прай хатап ӱгренерге килізер! Чох, мин пасха оңдайнаң идем! Саңай даа ӧӧртін пеер алдыра пахлазыннар, хысхырзыннар: „Чахсычаам, айлан!“ Че мин оларның сырайларынзар хатығ кӧрібізем, анаң тим: „Чох, сыхпаспын! Пастап сірер мағаа чоохтаңар, кеммін мин! Сынап мин сірер адаан кізі поларға хынзам, айланам! Че хынмазам, одырам мында, пірее пасха кізі пол парғанча. Анаң... Анаң...“ Мында Алиса кинетін сӱӱледе ылғап салыбысхан: «Табыраанча піреезі пахлабызарчых пеер! Мағаа мында чалғызан одырарға най хомай!»

Алиса, холларынзар кӧрібізіп, ӱрӱк тее парған: хачан пичелге тӱзіп одырғанда, позы даа сизінмин, Кроликтің лайк перчаткаларын кис салтыр. «Ниме пол парды полчаң?» сағын салған ол. «Нӧӧс хатап кічіг пол пардым?» Сала маңзыри тура хоныл, столахсар тиңнезерге чӱгӱрген. Кӧрзе, ӧскен сыны ікі ле фут, аннаң андар уламох кічіг полып одырчаттыр. Ол, прай сылтағ сӧрӧнненчең сабынчахта полар тіп сизік хаап, аны тастабысхан. Хайди орта итті. Іди полбаза, ол чох пол парғанча, кічіглен парарчых.

«Ӧлімнең чадаптаң на ос халдым!» андағ табырах алызығнаң позы даа хорых парып, че олох туста арачылан халғанына чӧпсініп, хысхыра тӱскен Алиса. Амды табыраанҷа садсар!» Ол ізігессер ӱкӱс салған. Че ол чабых полған, клӱзек, тізең, олох сӱлейке столда чатхан. «Че амды кирек хомай. Мин най ла кічиҷекпін. Хаҷан даа мындағ кічиҷек полбаам! Сын чоохтаза, кирек най хомай.»

Анаң, кил, тайлых парып, ойда тӱс парған. Мойнына теере тустығ суғда пол парған. «Талай!» сағын салған ол. «Хайди полып, талайға тӱс парды полҷам! Че мин мындартын тимір чолҷа сығып алам!» (Алиса чуртазында пір ле хатап талайда полған. Че ол пілген паза киртінген, талай хазында хаҷан даа кип-азах алыстырҷаң туюх чирлер полча, оларның хыринда палалар, хумда ойнап, хасхланчалар, сала оортах арах тураҷахтар тастында «Чолҷыларға—тохтаҷаң орыннар» тіп пазылых полча, аннаң андар парза, тимір чол станциязы полча). Че Алиса сах андох оңарған, пу хайдағ талай полчатханын. Пу позыох, ӧскен сыны тоғыс фут полғанда, ылғап салған харах частарының талайы полған.

«Мағаа мындағ кӧп ылғабас кирек полтыр!» теен ол, хайдар чӱзерін кӧргілеп ала. «Амды позымаох хатығ чухча

Позымныңох харах частарында пат парбим. Сын чоохтаза, кізі дее киртінчең ниме полбиндыр! Хайдағ пасхачыл кӱн пӱӱн!»

Ырах ниместе суғ чачырааны истіл арғанда, Алиса андар, кем полчаң тіп кӧрерге чӱс сыххан. Морж алай бегемот полчаң, арса? Че ол позының кічичек пол парғанын сағын килген, анаң кӧр салған, ол кӱскечек полтыр. Алисаох чіли, тайлых парып, суға кире тӱс партыр.

«Анынаң сурын кӧрзе, хайдағ поларчых ни?» сағынча Алиса. «Итсе мында прай ниме оңар-тискер. Арса, ол даа чоохтан полча? Че сурын на кӧрим. Полыс таа пирер, арса.» Анаң ол пастабысхан: «О, Кӱске! Сірер пілчезер бе, хайди мындартын сығып аларға? О, Кӱске! Мин, піди чӱзіп, най ла майых пардым.» Мының алнында Алиса кӱскелерзер хачан даа сурыныснаң айланмаан, аннаңар «О, Кӱске!» тіп айланза, киліскек полар тіп чаратхан. Харындазының «Латин тілі» киндезінде «кӱске» сӧс падеж пастыра хайди алысчатханы пиріл парған полған: «Адалғы—кӱске, Тартылғы—кӱскенің, Пирілгі—кӱскее, Кӧрімгі—кӱскені, Хығырхылығ—О, кӱске.» Кӱске, хайхап парып, Алисазар хайбағыныбысханда, харах сығыныбысхан чіли пілдір парған, че тапсабаан.

«Пістің тілні оңарбинча полар, неке» сизік тартхан Алиса. «Алай, пу Чаалағчы Вильгельмнең хада чӱс килген француз кӱске, арса?» (Алиса тархынны хайди дее пілзе, пу кирек хачан полғанын чахсы оңарбинчатхан). Анаң ол теен: «Où est ma chatte?» Пу аның «Француз тілі» киндезіндегі пастағы сӧстер пірігізі полған: «Минің хоосхам хайда?» Кӱске, хорыхханынаң тырбаңни тӱзіп, суғдаң сала ла сығара сегірібіспеен. «Йо, пыром тастаңардах!» пу сӧстер Кӱскенің худын сығарчатханын сизін салып, сала маңзыри хысхыра тӱскен Алиса. «Мин

Сірернің хоосхаларға тың на хынминчатханнарыңны саңай ундут салтырбын!»

«Тың на хынминчазар тіпчезер бе?» сиихти тӱскен Кӱске. «Сірер чи минің орнымда полған ползар, оларға тың хынарҷыхсар ба?»

«Чох, неке» пырозын пiлiнiп, нандырған Алиса. «Че сірер тарынмаңар. Мин öрiнiснең Сірерні пістің Тинанаң таныстыр саларҷыхпын. Андада Сірер хоосхаларзар саңай пасха хайарҷыхсар. Сірер ағаа матап чӧпсінерҷіксер! Ол хайдадар паарсах! Хайдадар амыр!» Алиса, маңзырабин, чӱзiп ала, ундудыныбызып, аннаң андар узаратхан: «От хазында хайди ол чалахай хайлапча, хайди ол холыҷахтарын чалғапча, хайди чуунча! Аны сыйбирға истiг—тӱгi хайдадағ нымзағас! Йу-у, тарынмаңардах!» хысхыра тӱскен Алиса, Кӱскенiң, тарыныбызып, тырбайыбысханын кöр салып. «Истерге хынминчатсар, паза хоосхадаңар чоохтаспаспыс.»

«„Піс чоохтаспаспыс“ тіпчезер бе!» ордаңнабысхан Кӱске, хузурии пазына читiре сiрлезiп. «Хандыра тіпчезер „піс“»! Постарың чоохтанчадыңар, че мин аннаңар чоохтанарға даа хынминчам! Пістің родта хоосхаларны пу харахтаң кӧрбинчелер! Олар хайдадағ… кӧрҷее чохтар, чіксiнiстiглер! Минің истерім дее килбинче олардаңар!»

«Че чарир, чарир, паза чоохтанмаспын!» сала маңзыри тiбiскен Алиса, олох туста нимедеңер чоохтасчаң за тiп сағынып ала. «Че… адайлардаңар чоохтазалар. Сірер адайларға хынчазар ба?» Кӱске нандырбинчатханда, Алиса öткiн тiлбiреп сыххан: «Пістің иб хыринда хайдадар ачыныстығ адайах ойлап чӧрче! Хынзар, мин Сірерні анынаң таныстыр салим ма? Чылтырасчатхан харахтығ тертерьерек! Кӱрең, сибiрек тӱктiг! Ағас тастабысса, ағыл пирче. Кiзее паарсах паза пiрiнҷек. Ол кӧп ниме идерге пiлче, мин прай оңнабинчам. Ээзi—малчы аның тузазы улуғ паза аның ӱчӱн чӱс тее фунт ахча пир саларға айастығ нимес тіпче. Камактар тутча паза… Ой! Мин сірерні пазох хомзындырыбыстым ма?» ачырған парған Алиса. Че Кӱске, тізең, улуғ салғахтар идіп, оортах чӱс париған.

Алиса ағырин паза айастығ ӱннең тапсаан: «Кӱскечек, чахсычаам! Айландах, сурынчам! Сынап син хынминчатсаң, мин хоосхаларданар даа, адайларданар даа паза чоохтанмаспын.» Пу сӧстерні истіп, Кӱске ағырин нандыра чӱс килген. Ол, таң чӱрексееніне бе, ах-тос полған. Тітіресчеткен ӱннең ағырин теен: «Чарға чидіп алзабыс, мин сірерге хайди хоосхаларны паза адайларны пу харахтаң кӧрбинчеткенімні кӧзіт пирем.»

Талайзар хустар паза аңнар толдыра аңдарылчатханнар, аннаңар киректі соона салдырарға чарабас полған. Мында Ӧртек, Тото, Лора, Хара хузычах паза пасха даа чапсыстығ аң-хустар полғаннар. Прайзы олар Алисаның соонча чарзар маңзырасчатханнар.

Чардых III

Ибіре Чӱгӱр Чӧргені паза Узун Чоох

Пу чарзар сығып алған нимеҷектерні кӧрерге хынығ поларҷых: путхалыс парған ханаттығ хустар, чапсыныс парған тӱктіг аңыҷахтар, прайзы почламалар, тарынҷахтар, кӧӧ чохтар.

Пілдістіг, полғаны ла хайди хурудынардаңар сағыссыраан. Чоохтазығлар паза талазығлар пасталыбысхан. Тӱрчедең Алиса пулардаң, прай чуртазында таныс полчатхан чіли, чоохтасчатханын пілін салып, таңнабаан даа. Ол Лорадаң хазыр талазығ апарчатхан. Полбаста ла, Лора, пурдайыбызып, тістері ӧтіре тібіскен: «Мин синнең улуғбын, аннаңар мин артых пілчем.» «Чох! Чоохтадах, син нинҷе частығзың?» харысхан Алиса. Че Лора ағаа нандырбаан. Іди пу талазығ тоозыл парған.

Мында Кӱске (андар ноға-да прайзы улуғласнаң хайчатхан) чахығ пирібіскен: «Прайзы одыр салыңар! Истіңер! Амох прайзын пір-ікі ле хурудыбызам!» Прайзы Кӱскені ибіре одыр салғаннар. Алиса, аны кӧріснең маңзыратчатхан, ағаа табыраанҷа хурудынып албаза, соох кирiн салып, ағырыбысхайдағ чiли пiлдiрчеткен.

«Хм!» пойданнап, пастады Кӱске. «Прайзы тимде бе? Амды мин сiрерге позым пiлчеткен чахсы хурутчаң чоох чоохтап пирим. Сым полыңардах! Кирек мындағ полтыр. Чаалағҷы Вильгельмге Римдегi папа позы полысчаң полтыр. Ӱр ниместе полған хорылыстар паза путхалыстар соонаң англичаннарның пастағҷы кирексiпчеткеннерi, Вильгельмге тудына, пiрiк сыхханнар. Эдвин Мерсийский паза Моркар Нортумберлендский...»

«Ух!» иңнiлерiнең сiлiгiнiп, тiбiскен Лора.

«Ниме? Сiрер ниме-де тiдер бе?» хатығ, че улуғластығ ӱннең сурыбысхан Кӱске.

«Чох, чох!» сала маңзыри нандырған Лора.

«Че, андағда мағаа пiлдiр партыр,» теен Кӱске. «„Аннаң андар чооғымны узаратчам. Эдвин Мерсийский паза Моркар Нортумберлендский чоохтарында аны кӧдiргеннер паза махтааннар. Че Кентерберий архиепископы Стиганд, позының чиріне хынза даа, тапхан…“»

«Ниме тапхан?» ара кірізібіскен Ӧртек.

«Ниме-де тапхан!» хатығ нандырған Кӱске. «„Ниме-де“ сӧс ниме таныхтапчатханын Сірер оңарча поларзар!»

«Мин ниме-де таап алзам, ол соосхан алай пасха даа хурт-хоос поладыр,» теен Ӧртек. «Че хачан архиепископ ниме-де таап алза, ол саңай пасха ниме полча полар. Андағ нимес пе?»

Че Кӱске, аның суриин испеен чіли, аннаң андар узаратхан: «„… тапхан пу полчатхан киректе пір ле килістіре оңдай. Кӧнізінең чоохтаза, Эдгар Этелинг, Вильгельмнең тоғазып, чоохтазып, ағаа короназын пир салзын тіп. Вильгельмнің ӱлгӱзінде пастағы тустарда амыр чуртас полған, че аның норманнары иртініскеннер…“.» Сірернің прай чахсы ба, иркечеем?» Кӱске Алисазар айланған.

«Андағох ла почламазым,» нандырған Алиса. «Сірернің чоохтарың мині пір дее хурутпинчатханға тӧӧй.»

«Андағ полза,» ойдархап, тур килген Тото. «Мин, артых полызар оңдай табар ӱчӱн, пу чоохты истерін соонзар салдырарға ӱн пирерге кирек тіп санапчам…»

«Че, син пілдістіг иде чоохтан,» кизе-тоғыр сапхан Хара хузычах. «Мин синің узун чооғыңның чарымызын даа піл полбинчам. Уламох хомай, хачан син позың даа оларны піл полбинчатсаң. Андағ нимес пе?» Хара хузычах, кӱлінізін чазырып, сым пол парған. Че хустарның аразында хайзы-да кідірепчеткен.

«Мин теем,» пултайыбысхан Тото. «Минің кӧрізімнең, іске ибіре чӱгӱр чӧрерге кирек. Чахсы сағыс. Піс пір-ікі ле хуруп парарчыхпыс.»

«Ниме полчаң ол андағ?» сурыбысхан Алиса. Сынында ағаа тың даа хыныг полбаан аны пілерге, че Тото, амды *пасхалары* чоохтанзыннар теен чіли, сым пол парған, а пасхаларының пірдеезі чоохтанарға итпинчеткен.

«Кӧзідім пастыра чарыт пирзе, пілдістіг полар,» теен Тото. (Сынап піреер хысхызын сірернің Тото чоохтаан нимені ит кӧрерлерің килзе, мин чоохтап пирим).

Ол чирде ибіре сиип салған (хайди ол теен: «Орта, топтоғылах иде сигбезе дее, хайтпас»), анаң мындағылар прайзы аны ибіре турыбысханнар. Мында «пір», «ікі», «ӱс» тіп чахығ пирерге кирек чоғыл, полғанына ла сиг хоостыра хайзы даа саринзар чӱгӱрерге чарир, удур-тӧдір сасхлазарға паза урунызарға чарир. Алай ба пір дее ниме итпеске чарир. Мындағылар, тізең, іди ойнап, піл полбиныбысханнар, хачан пу ойын пасталған паза хачан тоозылған. Сынында чарым сағатча полған полар. Прайзы хуруп парған, анаң Тото кинетін «ибіре чӱгӱріс тоозылды» тіп чарлабысхан. Прайзы, аар тынып, аны ибірібісkеннер паза удур-тӧдір «кем утты» тіп сурысханнар.

Пу сурыға нандырар ӱчӱн Тотоға чахсаан сағынарға киліскен. Ол (сомдағы Шекспир чіли), хамаан салаанаң сіреп, ӱр турған, пасхалары, тізең, тапсабин, сахтааннар. Анаң, хайди-полза, ол чарлаан: «Прайзы утып алдылар, прайзына—сыйыхтар.»

«А сыйыхтар хайда за?» прайзы суулаза тӱскеннер.

«Анда,» Тото салаадаң Алисазар улабысхан. Амды прайзы, алаң ас парған Алисаны ибірібізіп, «Сыйых! Сыйых!» тіп хыс сыхханнар.

Алиса, хайди полчаан пілінмин, холын ізебінзер суғыбысхан. Харын даа, анда чачын хапчығаста кетметтер полтырлар (Алисаның ӧрінізіне, тустығ суғ оларны ардатпиндыр). Оларны сыйыхтар орнына ӱлеп сыххан. Прайзына піреерден читкен.

«Ағаа сыйых кирегӧк ноза,» теен Кӱске.

«Хайди кирек полбас. Амох,» теен Тото, анаң Алисазар айланған: «Синің ізебіңде паза піреe ниме пар ба?»

«Пурба ла,» хомзыныстығ нандырған анзы.

«Пирдек аны пеер,» сурған Тото.

Анаӊ пазох прайзы Алисаны ибірібіскеннер, Тото, ағаа пурбаны сунып, теен: «Піс Сірернеӊ сурынчабыс, пу сіліг нимеҷекті сыйыхха алып алыӊардах!» Прайзы öрчіліг айа сапханнар.

Алиса «хайдағ кізі дее киртінҷее чох оорли ла ниме» тіп сағын салған. Че прайзы сын оӊдайнаӊ тудынчатханда, Алиса кӱлінерге дее чарадынмаан. Ниме дее нандырҷаан пілбин, ол, пурбаны алчадып, алғыстаснаӊ пазырған.

Анаӊ прайзы кетмет тайнап сыххан. Суум-саам кöдірілібіскен. Чоон хустар кетметті амзирға даа килісподі тіп хоптанысханнар, че кічіглері, тізеӊ, маӊзытта чіп, харлых турған, оларны пиллерінеӊ сапхлирға киліскен. Хайди полза, кетметті тооза чібізіп, арғыстар, ибіре одырыбызып, Кӱскенеӊ пазох пірее ниме чоохтап пирерге сурынғаннар.

«Сірер мағаа «коны» паза «соны» ноғадаңар пу харахтаң көрбинчеткенеріңнеңер чоохтап пирерге сөлеезер, оңнапчазар ба?» сыбыхтап сурған Алиса, Кӱскені пазох тарындырыбызарынаң хорығып.

«Мин сірерге хузурухтаң пазылған хомзыныстығ сарын толдыр пирим,» улуғ тыныбызып, теен Кӱске.

«Хайди за! Хузурухтар сарын пазарға пілібөкчелер бе? Сынап аның тоозылғаны чох полза, ол узун поларға кирек,» піл полбаан Алиса, Кӱскенің хузурииинзар харах тастап. Че Кӱске, тітіресчеткен хузуруғазын алны азахтарынаң көксінзер чаба пазып ала, мындағ кибеліс хығыр пирген, хайзы Алисаның сағызында хачанға даа кӱске хузурииның хыймырапчатханынаң палғалыс парған:—

«Адай Табан
теен Кӱскее:
„Че параандах
са чарғаа,
Хатығ Чарғы-
ның алнында
нанды-
рарзың!
Ээрістіг
мағаа
иртеннең,
Хынығ
полар
пу чарғы.
Тоғырланма.
Ӧс алар
тус мағаа
читті!“
Кӱске
нандырған:
„Чарир!
Хатығ
чарғы
көрзін зе!
Хайда
за чар-
ғычы,
хайда
хачы-
лар за?“
Адай
Табан
хат-
хыр-
ған:
„Олар-
ның
орны-
на—
мин!
Мин
чар-
ғы-
лим.
Амох
пазың
ӱзе
сабы-
лар!“»

Кӱске сым пол парған. Алиса, аның хузуриинаң харах албин, сурыбысхан: «Анаң чи? Ниме полған?»

«Мыннаң чооғым тоозылды,» тарынчах ӱннең нандырған Кӱске.

«Хайди тоозылды? Пір дее халбады ба паза?» сах андох сурыбысхан Алиса.

«Сірер най сизік чохсар. Пір дее ниме піл полбадар,» Кӱске ідіргектене чоохтаныбызып, парарға тимненібіскен. «Сірер алаамдыр чоохтарыңнаң минің хыртым туттырчазар.»

«Че мин ӧнетін нимес ноза!» айастығ ӱннең теен Алиса. «Сірер уғаа тарынчахсар!»

Кӱске позының алынча ниме-де пулбыран салған.

«Сурынчам, айланыңар! Аннаң андар ниме полғанын чоохтап пирзер!» аның соонча хысхырған Алиса. «Сурынчабыс, сурынчабыс,» хозылғаннар пасхалары. Че Кӱске, пастаң тарыстығ ла чайхабызып, азағастарын табырах аймыт сыххан.

«Ачырғастығ аның халбааны,» Кӱске ырахта чіт парыбысханда, улуғ тын салған Лора. Краб ууча, тізең, оңдай килісkенде, мындох Крабычах пархачахтарына теен:

«Кӧрдер, йа, аарлығларым! Сағын салыңар, хачан даа посты холда тударға кирек.» «Сым полыңардах са, ууча,» хатығ арах чоохтаныбысхан Крабычахтарның пірсі. «Сірер, кирек полза, устрицаны даа тарындырыбызарзар, неке.»

«Тина мында полған полза, мин ағаа кӧрер нимені кӧзіт пирерчікпін,» позының алнынча теен Алиса. «Ол аны пірікі ле айландыр килерчік!»

«Чарадыңардах сурыбызарға, кемдір ол Тина,» пілері килібіскен Лораның.

Алиса, тізең, позының хынғанынаңар чоохтирға хачан даа тимде: «Ол пістің хоосхабыс. Сірер киртінмессер дее, че ол кӱскелерні тутча! Че кӧрген ползар, хайди ол хусхаҷахтарны, китеп киліп, тудып алча! Анаң хап-хап!— чібісче!»

Че аның пу чооғы мындағыларны уруктірібіскен осхас. Хустарның хайзылары кинетін не хайдар-да парарға идібісkеннер. Кирі Саасхан, кӧксін кӧдіріп, пладын иптеп, теен: «Ибзер! Ибзер парарға кирек. Харааға кии минің хазиимны уйаннатча.» Кеерген, тізең, тітіресчеткен ӱннең палаҷахтарын маңзырат сыххан: «Параңар, аарлииҷахтарым, параңар! Сірерге хаҷанох узирға кирек!» Іди, аймах сылтағлар таап, прайзы тарасхлап парған. Алиса чалғызан на халған.

«Мағаа Тинадаңар чоохтабас кирек полтыр,» хомзыныстығ чоохтан салған ол. «Ол пу чир ӱстӱнде прайзынаң артых хоосха даа полза, мында ағаа пірдеезі хынминча. Хайран минің Тинаҷағым, мин сині паза хаҷан-полза кӧрем дее бе?» Алисаның прай кӧңні тӱс парып, пазох ылғап салыбысхан. Ол чалғызан на полған. Че кинетін, чағдапчатхан азағастарның тошласчатханнары истіле тӱскенде, ол пазын кӧдірібіскен. Хайдағ-да ізеніс аның чӱреенҷе ойли тӱскен: арса, Кӱске айланып, чооғын тоос саларға чаратты.

Чардых IV

Кичемейнің Тӱдӱнче Сығара Тептіргені

Че ол Ах Кролик полтыр. Ол ээн-кӧӧнче, ниме-де тілепчеткен чіли, аар-пеер хайбағынып, ойлап одырған. Аның пулбыранчатханы истілчеткен: «Йо, Ханым-пигім! Ханым-пигім! Йо, минің азағастарым! Йо, минің теерім, минің сағалахтарым! Мині ӧдірерге итчелер! Мині олох ӧдір саларлар! *Хайда* мин оларны тӱзір салған полчам за?» Алиса сах андох аның ниме тілепчеткенін сизік хапхан, анаң хадох тілеп сыххан, че сӧрӧнненчең сабынчах таа, ах лайк перчаткалар даа пір дее чирде кӧрінмеен. Ол харах частары талайында чӱс чӧрчеткен аразында ибіре прай ниме алыс парған ноза. Зал даа, сӱлейке стол даа, ізігес тее—прай ниме чох пола халған.

Алиса полза даа аннаң андар тілепчеткен. Че кинетін Ах Кролик, аны кӧр салып, тарынчах ӱннең хысхыра тӱскен: «Мерей, а син чи мында *ниме* итчезің? Сағамох ибзер чӱгӱр, мағаа сӧрӧнненчең сабынчахты паза перчаткаларны ағыл кил! Ойла табыраанча!» Алиса, тізең, хорых парып, Кроликке аның алҷаастанчатханын чарыт пирерге дее тідінмин, ол көзіткен чирзер чӱгӱр сыххан.

«Ол мині позының сӱмекчізінең алҷаастабыстыр. Сынап ол мин кем полчатханымны піл салза, хайхап парарҷых! Мин ағаа ол сӧрӧненҷең сабынҷахты паза перчаткаларны ағыл пирерҷікпін (ноға ағыл пирбеҷең), че хайдаң мин оларны табар кирекпін!» іди сағынып ала, ол ап-арығ тураҷахсар ойлап килген. Аның ізиинде «А. КРОЛИК» тіп пазылых чардыҷах іліл партыр. Ӧӧн Мерейге учурап парып, сӧрӧнненҷең сабынҷахты паза перчаткаларны тапханҷа, сығара сӱрдірібіспим тіп хорығып ала, ол тохлатпин даа, кире ойлап, кірлесче ӧӧр сығара ойлаан.

«Хайдағ пасхаҷыл кирек! Кролик мині сӱр чӧрче,» сағынып ала чӱгӱрчеткен ол. «Кирек піди парза, Тина даа мині нымзан сығар!» Анаң ол сағызында пу киректі хоостап сыххан: «„Мисс Алиса! Тоныҷааңарны табыраанҷа кизіңердек! Сірерге тасхар ойнап парарға кирек ноза!“ –„Чаҷаҷаам, тӱрче итпинең! Тина ӱр нимеске парыбысхан, мағаа кӱскені інінде хадарарға чахаан!“ Итсе, Тина сынап мағаа іди чахығлар пир сыххан полза, уғаа ла ағаа пісте чуртирға чарадарҷыхтар ба.»

Андағ сағыстарнаң Алиса ап-арығ, ипти чыы тартылған комнатаҷахсар кір килген. Кӧзенек хыринда стол турған, анда, тізең, хайди ол сағынған, ninҷе-де ах лайк перчаткалар паза сӧрӧнненҷең сабынҷах чатчатханнар. Ол оларны алып алып, сығарға ла иткенде, кӧріндес алтындағы харчағаста флаконахты кӧр салған. Анда «МИНІ ІЗІБІС» тіп пазылых лентаҷах чох полған полза даа, Алиса аның ахсын азып, ирнілеріне теерт кӧрген. «Полған на сай, хаҷан мин пірее ниме ізібіссем алай ба чібіссем, пірее *хыныг* ниме пол ла парча,» сағынған ол. «Пу флаконахтаң ізібіссем, ниме ле полар ни. Итсе, кӧмес ӧс парзам, чахсы поларҷых, мындағ ла кічиҷегес поларға хынии чох пілдірібісті.»

Сынап таа, ол кинетін не чоон өс чӧрібіскен. Флаконахтың чарымынча даа іскелек полған, пазы потолокка урун парып, мойнын сындыр салбасха тіп одырыбысхан. Ол табырааныча флаконахты орнынзар турғыс салған. «Че, чидер, чи!» теен ол. «Че озерін хайди сағамох тохтадып алчаң за! Іди полза, мин ізіктең дее сых полбаспын ноза. Нӧӧс мин иртіре ізібістім, а?»

Че ол сынап таа иртіре ізібістір! Ол улуғ ӧскеннең ӧзіп ле одырған, аннаңар ағаа пастап тізектенерге, анаң, пір сығанағынаң ізікке тайанып, пірсін, пас алтына салып, полға чадыбызарға киліскен. Че ӧзері, тізең, тохтабинчатхан, андада ол халғанчы оңдайнаң тузалан кӧрерге чаратхан: холларын кӧзенек ӧтіре суныбысхан, азахтарын пес ахсынча тиреҥ иде суғыбысхан. Мындағ кирекке кір парғанда, ниме дее полчатсын, ол пір дее ниме ит полбас. «*Ам* хайди полим за?» ӱрӱк парған ол.

Харын даа, флаконахтың хайхастығ кӱзі тоозыл парып, аның ӧзері тохтап парған. Че анзы даа Алисаны ӧріндірбеен. Хайди ӧрінзін зе, хачан ағаа піди чадарға уғаа изі чох полған паза пу комнатадаң сығып алчаң пір дее оңдай чох полған.

«Хайдағ истіг полған ибде,» сағын чатча Алиса парасхан. «Пірдеезі сині кічичек тее, чоон даа итпинче. Кроликтер дее, кӱскелер дее сағаа чахығ пирбинчелер. Ол інзер алдыра кірбеен ползам, хайдағ чахсы поларчых! Итсе… итсе, мында чуртас хыныг! Чоо хайхапчам *мындағ* хыныг киректерге кір парчатханыма! Мының алнында нымахтарны хығырзам, чир ӱстӱнде хайхастар полбинча тіп сағынчаң полғам, че амды, тізең, мин позым хайдағ хайхастарға кір парчам! Сыннаң, миннеңер кинде пас салза чарирчых, неке. Че, хачан улуғ ӧзіп алзам, позым даа пас салғайбын. Итсе, мин амох улуғ ӧс пардым ноза! *Мында* паза ӧсчең чир чоғыл».

«Йа, мин паза öспеспін,» аннаң андар сағын парча ол. «Че частаң улуғ полам ма, чох па? *Хаұан даа* полбазам чи? Итсе, пір саринаң, хандыра поларҷых—мин хаҷан даа öрекен полбасчыхпын, че пасха саринаң, прай чуртазыңда уроктар ÿгренчет! Чох, хынминчам!»

«Хайдағ син сизігі чохсың, Алиса!» ол позы позына нандырған. «Хайди син уроктар ÿгренерге итчезің? *Позың даа* чадаптаң на сымчатханда, кинделеріңе мында пір дее орын читпес.»

Мына піди пірде пір саринаң, пірде пасха саринаң сағынып, ол позы позынаң чоохтасчатханға тööй полған.

Ол арада тасхартын кемнің-де ÿні истіле тӱскен: «Мерей! Мерей! Сағамох пир мағаа перчаткаларны!» Кірлесте азағастар тошласханы истіл парған. Ол Кролик полтыр. Аны тілепчеттір. Анзын сизін салып, Алиса хорыххадынаң сірлес сыхханда, тура ідöк илеңнеп сыххан. Че ол позы Кроликтең муң хатап чоон пол парғанын, аннаңар ағаа аннаң хорығарға даа кирек чох полғанын саңай ундут салтыр ноза.

Ол арада Кролик тураның ізігін азарға тартхлап кöрген. Ізік істінзер азылҷаң полған, че Алисаның сығанағы аны пик иде чабыра пас салғанда, Кролик аны хайдаң азып алзын за. Андада Алиса аның чоохтанчатханын ис халған: «Тураны ибіре пас парып, кӧзенекче кіримдек.»

«Анұа даа кір полбассың!»—сағын салған Алиса. Анаң Кроликтің кӧзенек хыринзар пас килерін сахтап алып, аны ӧтіре холын сунып, хапхан! Чаза! Чаза тартхан мунзуриинаң киині ле хаап халған. Хабарын за ол пірдеезін хаап полбаан, че кемнің-де сиихти тӱскені паза аңдарылғаны, олох туста оодылчатхан сӱлейкелернің хоғдыразы іле истілген. Аны хоостыра пiлiп аларға чарир полған: Кролик сӱлейкелернең чапхан ӱтӱрсӱлерзер кил тӱстір.

Анаң кем-де—ол Кролик полбаҷаң ма—тарынҷах аахтааны истілген: «Пычанка! Пычанка! Син хайдазың?»

Ағаа Алиса мының алнында испеен ӱн нандырған: «Мин мында яблокоҷахтарны теерчем, ээм-кӱлиим!»

«Яблокоҷахтарны теерчезiң ма хайдағ!» хылыхтаныбысхан Кролик. «Кил пеер! Мағаа мындартын сығып аларға полыс пир.» Анаң пазох сӱлейкелернiң хоғдырхағдыр полчатханы истiлчеткен.

«Чоохтадах, Пычанка, нимедiр ол кӧзенекте?»

«Ол хайдағ-да от, ээм-кӱлиим!»

«Ӧх, син, сизiгi чох! Ол—от нимес, ол кемнiң-де салаалары! Че, ноға за олар андағ чооннар, прай кӧзенекке толдыра?»

«Мин дее iди тирге иткем: ол кемнiң-де салаалары, ээмкӱлиим. Кӧзенекке толдыра даа полза, че ол салаалар.»

«Салаалар даа полза, анда оларға итчең ниме чоғыл. Парып, сығара сӱрiбiс оларны!»

Анаң сым на пол чӧрiбiскен. Кроликнең Пычанканың ниме-де сыбыхтасчатханнары Алисаа сала-пула ла истiлчеткен. «Мин чир тӱбiне тӱс парим, ээм-кӱлиим, че ол минiң кӧңнiме пiр дее кiрбинче.» «Хортых! Сағамох толдыр чахығны!» Ол туста Алиса пазох мунзурухтарын чазыбызып—хап-п!—киинi ле хаап алған. Че амды сиих-саах *iкi хатап* кӧп полған, оодылчатхан сӱлейкелер, тiзең, тӧрт хатап кӧп истiлген. «Ниҷе парник полҷаң оларның анда!» сағынған иреене кiр парған Алиса. «Че ниме ле олар амды идерлер ни зе? Олар минi мындартын кӧзенек ӧтiре сығара тартыбысхан ползалар, хайдағ чахсы поларҷых! Минiң паза пiди *мында* чадарым килбинче. Чидер!»

Ол аннаң андар ниме поларын сахтаан, тастында сымзырых полған, че амды хаңааҷахтың хоғдыразы паза аймах маңзыттығ табыстар истiле тӱстi. Алиса хай пiрее ле чоохтарны ис хал турған: «Паза пiр пасхызы хайда за? – Мағаа пiрнi ле апарарға тееннер, пiрсiн Кичемей алып алған. Кичемей! Табырах ағыл, айоол!—Пеер, пулуңзар, турғыстах.—Чох, аны пастап палғабызарға кирек. Iди полбаза, чарымына даа читпес.—Пичеллебе! Чиде-ер.—Че, Кичемей! Пу пағны хаптах!—Тураның хыры чи сыдазар ба?—Ағырин! Анда хахпастар чадаптаң на тудылчалар!—Йо-о, ол аңдарылча ноза! Пастарың хайраллаңар!» (Хоғдырас, кӱзӱрес истiлче). «Пу кемнің тоғызыдыр?—Мин сағынчам, ол Кичемей полар.—Че кем тӱндӱксер кiрер зе?—Чох, *мин* нимес, *син* кiрерзің!—Чох *мин* нимес! Кичемей кiрер! Эй, Кичемей! Ӧӧзi сағаа тӱндӱксер кiрерге чахаан!»

«Ана за, ниме полғандыр! Кичемейге пеер тӱндӱкче кiрерге чахылған ноо!» сах андох сизiк хапхан Алиса. «Олар прай нимені Кичемейге ле састырчаттырлар. Ох, мин Кичемейнің орнында полбасчыхпын. *Мин кӧргенде*, мында тарғынчах таа полза, чахсаадин теер пар килерге орын читкеҷi полар, неке!»

Ол, азаан пестең хай син сығар полғанча сығарып алып, китенiбiскен. Хачан хайдағ-да кiчиҷек аңыҷах тӱндӱкче, хоғдырап ала, тӱсчеткенін ис салып, ол «Мына сағаа, Кичемей!» тiп сыбыхтанып ала, анаң, кил, теен пар килген. Анаң андар ниме поларын сахтап сыххан.

Пастап сууластар истіле тӱскен: «Кичемей! Кӧріңер, Кичемей!» Анаң ол Кроликтің ӱнін танып салған: «Эй, кемдір анда табылғаттар аразында! Хабыңар аны!» Анаң тӱрчеге ай-тым пол чӧрібіскен. Анаң пазох тадыраза парғаннар: «Пазын, пазын кӧдіріңер!—Бренди амзабыс!—Ол харлых парар ноза!—Че, арғыс, хайдағзың?—Хайди полдың?—Чоохта!»

Анаң тітіресчеткен ніскечек ӱн истіле тӱскен («Кичемей», сағын салған Алиса): «Мин хайдаң пілем?... Чидер, алғыс, мағаа сала ниик пол парды. Мині ниме-де, чоохтан таа полбас иде, тазылат пар килген. Хайдадар тың тазылатхан, сағынчам—учух парим, ракета чіли!»

«Йа, йа, андағ полған чізе, арғыс!» аның чооғына ара кіріскеннер ӱннер.

«Тураа ӧрт суғыбызарға килізер,» истілген Кроликтің ӱні.

«Сух ла кӧріңер! Мин сірерге Тинаны позыдыбызам!» пар-чох кӱзінең аахтабысхан Алиса.

Сах андох амыр турыбысхан. «*Хайди ла* поларлар ни олар?» сағынған Алиса. «Тураның хырын сайабызарға оларның сағыстары чидер бе, чох па?» Тӱрчедең тастында хайдағ-да хыймыхтаныс пілдір парған, анаң Кроликтің ӱні истілген: «Пастап хаңаачах таа чарир.»

«*Нименің* хаңаачаа полчаң?» піл полбаан Алиса. Че ӱр сахтирға киліспеен. Кӧзенек ӧтіре ооғазах тастар урыл килген, нинче-де тас Алисаның сырайына ағырта теен парған. «Пу киректі тохтадарға кирек» тіп пулбыраныбысхан ол позының алнынча, анаң тың иде аахтабысхан: «Сағамох тохтадыңар! Іди полбаза, сірерге хомай полар!» Тастында сым на пол чӧрібіскен.

Ползар тӱскен тазычахтар кічичек тадылығ халазахтарға айлан парғанын кӧр салып, Алиса ӱрӱк тее парған.

Анаң ағаа таңнастығ сағыс кір килген: «Сынап пірее халазахты чібіссе, кічиҷек алай ба чоон пол парарға айабас. Мында мині уламох улуғ итчее чоғыл, аннаңар оларнаң мин кічиҷек пол парарбын, неке!»

Ол, пір халазахты азырыбысханда, кічігленчеткенін сизін салған. Ізіктең сығар иде кічіг пол парғанда, Алиса турадаң сығара ойлабысхан. Тасхар аны сахтапчатхан илееде аң-хустарны кӧр салған. Хайран Кичемей кічиҷек килескі полтыр, аң-хустар аразында аны ікі сосхаҷах, холларынаң тудып, птулкадаң ниме-де ізіртчеткеннер. Прайзы Алисазар іділізе тӱкен, че ол, оларнаң тизіп, арығзар ӱкӱс салған. Іди хойығ ағастар аразында чазыныбысхан.

«Амды, пастағызын, хайдағ полғам, олох син ӧзіп аларға кирек.» Сағынған Алиса, ағастар аразынҷа орли ла парчадып. «Ікінҷізін, ол сіліг садсар чол таап аларға кирек. Минің кӧрізімнең, пу иң орта чарадығ.»

Ниме тиир зе, сынап таа пу орта чарадығ полған. Че пір ле ниме хомай полған: ол пір дее пілбеен, хайди аны толдырҷаан. Іди Алиса, ағастар аразында чол кӧрглепчеткенде, кинетін аның ӱстӱнде адай ӱрізі истіл парған. Ол сах андох хылчаңнабысхан.

Чоон килкім не кӱҷӱгес ӧртін андар чоон, тоғылах харахтарын тозырайтып, алны азахтарын андар сунчатхан. «Ой, хайдағ ачыныстығ!» нымзах ӱннең чоохтанып, сығырып ала, Алиса аны позынзар хығырған чіли полған, че олох туста істінде хорғыстығ сағыс тӧреен, сынап ол астапчатхан полза, аның чазырхатчатханына даа хайбин, амох аны ӧрініснең чібізер.

Ниме итчеткенін дее пілінмин, Алиса ағас салаазын сындырып алып, кӱҷӱгеске суни пирген; анзы, тізең, ӧрчіліг хыңзи тӱзіп, ол салаазар, ыра-чара тартыбызарға итчеткен чіли, атыға тӱскен. Алиса, уламох худы сығып, табылғаттар аразынзар кире ойлабысхан. Андартын пахлабысса, кӱӌӱгес ідӧк салаазар атых турған, анаң, аарда полбаста, пір хатап тоӊхара сегір пар килген. Аның іди полчатханы ойынға тӧӧй пілдірген. Кӱӌӱгес позын пасхлап саларынаң хорығып, Алиса пазох табылғаттар аразында чазыныбысхан. Кӱӌӱгес, тізең, хырлапчатхан табыснаң ӱріп ала салааӌахсар сегірчеткен, анаң, кинетін, оортах парып, аар тынып ала, тілін сығар салып, одыр салған.

Ниме итчеткенін дее пілінмин, Алиса ағас салаазын сындырып алып, кӱӌӱгеске суни пирген; анзы, тізең, ӧрчіліг хыӊзи тӱзіп, ол салаазар, ыра-чара тартыбызарға итчеткен чіли, атыға тӱскен. Алиса, уламох худы сығып, табылғаттар аразынзар кире ойлабысхан. Андартын пахлабысса, кӱӌӱгес ідӧк салаазар атых турған, анаң, аарда полбаста, пір хатап тоңхара сегір пар килген. Аның іди полчатханы ойынға тӧӧй пілдірген. Кӱӌӱгес позын пасхлап саларынаң хорығып, Алиса пазох табылғаттар аразында чазыныбысхан. Кӱӌӱгес, тізең, хырлапчатхан табыснаң ӱріп ала салааӌахсар сегірчеткен, анаң, кинетін, оортах парып, аар тынып ала, тілін сығар салып, одыр салған.

Алисаа тизерге чахсы оңдай киліс парған. Ол, тынастап ала, ӱр чӱгӱрген. Соонда адай ӱрізі истілбинібіскенде ле, тохтап парған.

«Итсе-дек, ол ачыныстығ полған!» теен Алиса, хазың тӧзінде чатчадып паза аның пӱрінең сапхланып. «Сынап мин позымның ӧзізім синӌе полған ползам, аны аймах нимелерге, хынып, ӱгредерӌікпін. Ой, мин сала ла ундут салбаандырзым, мағаа ӧзерге кирек ноза! Тохтаңардах, че *хайди* аны идібізерге? Ана за! Мағаа пірее ниме чібізерге алай ізібізерге кирек!»

Йа, сынап таа кирек андағ полтыр. Алиса ибіре-сибіре хайбағынып, прай чахайахтарны паза оттарны ситкіп кӧрглеен, че пір дее чиир алай ізер ниме кӧр таппаан. Хыринда аннаң даа пӧзік чо-он миске ӧсчеткен. Алисаа, аны ибіре пас пар килгенде, ноға-да аның ӱстӱн кӧрібізерге сағыс кір килген. Ноға-да анда ниме-де пар чіли пілдір парған.

Ол кӧрібізерге азах ӱстӱне турыбысханда, аның харах алнында симіс, чоон Хаарыстаас тура тӱскен. Ол мискенің ӱстӱнде, холларын крести салып, кальян тартып одырчаттыр. Ол пірдеезіне, ол санда Алисаа даа, хайығ айландырбинчатхан.

Чардых V

Харыстаас Чöп Пирче

Ханҷа-да тус Алисанаң Харыстаас, тапсабин, удуртöдір кöріскеннер. Анаң, хайди-полза Харыстаас, тамкызын ахсынаң сығарып, амох узубызарға итчеткен чіли, чоохтан салған:

«*Син* кемзің?» теен Харыстаас.

Чоох іди пасталза, Алисаа пір дее чахсы ниме ағылбас чіли пілдірген. Ол, чалтанып ала, нандырған: «Мин… мин *амды кем полчатханымны* чоохтирға сидіксінчем, сэр. Мин иртен, тöзектең турғанымда, кем полғанымны ла пілінчем. Че ол тустаң сығара мин ninҷе- ninҷе хатап пасха кізее айлан пар турғам.»

«Син позың чи анзын сизінгезің ме?» сурыбысхан Харыстаас.

«Мин сағынчам, сэр, мин позым нимес,» нандырған Алиса. «Хаҷан мин позым позым нимес полчатханымны сизін салғанымда, мин позым позым полбаам.»

«Піл полбинчам,» теен Харыстаас.

«Паза хайди чарыда чоохтап алим за,» нымзах ӱннең тапсаан Алиса. «Чооғымны хайди пастирға даа пілбинчем.

Сынап пір кӱннің аразында нинҷе-нинҷе хатап ӧскен сынын алыстырза, кем дее сағыс алҷаастир.»

«Мин іди сағынминчам,» теен Харыстаас.

«Сірерге андағ нимее учурирға киліспеен,» нандырған Алиса. «Сынап Сірер пір айас кӱнде кӧклӧҷекке айлан парзар, анаң—ӧрбекейге, мин сағынчам, Сірер таңнап парарзар. Андағ нимес пе?»

«Салиҷек тее таңнабаспын,» теен Харыстаас.

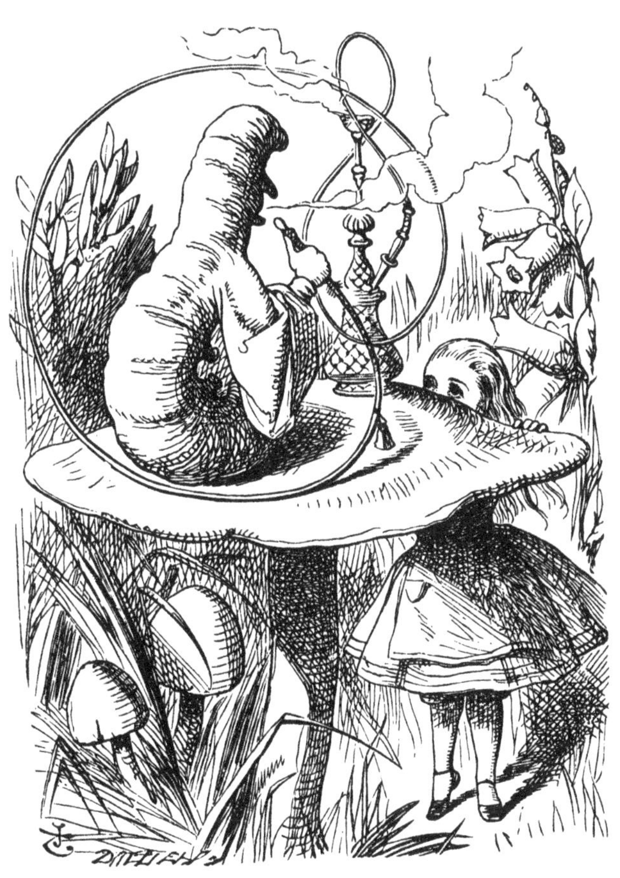

«Андағ даа полар, *сірернең* кирек пасха даа полар,» теен Алиса. «Че *мин* хайхап парарҷыхпын.»

«Син хайхирҷыхсың!» нимее салбин, чоохтаныбысхан Харыстаас. «Че *син* кемзің?»

Аның пу сурии чоохтың пасталғанына нандыра айландырыбысхан. Харыстаастың піди *най* хысхаҷах чоохтанчатханына Алисаның кӧмес ідіргегі тудыбысхан. Ол, кӧні турыбызып, хатығ ӱннең, сӧстерні ал-алынҷа адап, чоохтанған: «Мин сағынчам, Сірер постарың *кем* полчатханыңарны чоохтаан ползар, чарирҷых.»

«Ноға?» сурыбысхан Харыстаас.

Пу сурыға нандырарға сидіксіністіг полған. Алиса килістіре нандырығ таап полбаан. Харыстаастың чоохтасчаң *кӧңні чох чіли пілдірген*. Алиса, айланыбызып, хыйа пас сыххан.

«Тохта!» хысхырыбысхан Харыстаас. «Минің сағаа уғаа кирек чоохтаҷаң чоох пар.»

Аның пу сӧстрі Алисаа ізеніс хозыбысхан. Ол айлан килген.

«Хаҷан даа тарыхпа!» тапсаан Харыстас.

«Сірернің чоохтаҷаң чоохтарың пу ла ба?» ідіргегін чаба пазынып, сурыбысхан Алиса.

«Чох» теен Харыстаас.

Алиса, итчең ниме чохта, сахтап таа аларға чарир тіп чаратхан—пірее тузалығ даа ниме чоохтир, арса. Ханҷада тус Харыстаас, ахсынаң ыстар позыдып, сым одырған. Хайди полза, ахсынаң тамкызын сығарып, сурыбысхан: «Син ӧскен сының алыс парған тіп санапчазың. Андағ, йа?»

«Йа, іди сағынчам, сэр,» теен Алиса. «Мин олаңай даа нимелерні сағыста тут полбинчам. Ағаа хоза полған на он минута пазынаң ӧскен сынымны алыстырчам.»

«*Кӧнізінең*, нимені син сағыста тут полбинчазың?» сурған Харыстаас.

«Мына, кӧзідімге алза, мин „*Хайди алтын чазағлыг…*“ кибелісті хығырарға иткем. Че аның орнына оорли ла сӧстер сыххлап сыхханнар,» чалтан парып, нандырған Алиса.

«„*Сірернің чазыңарда, пабаң…*“ кибелісті хығырдах,» теен Харыстаас.

Алиса, холларын кӧксіне салып, пастабысхан:—

«„Сірернің чазыңарда, пабаң,“ айланча
Хыр пастыг пабазынзар, оолах
„Азахтар ағырча, пас айланча
Сірер дее иртіре полбаңардах.“

„Синің чазыңда, оолаам,“ анзы нандырча,
„Мин хара пазымны хайраллаам.
Че амды ол тас, кӱнге чалтырапча,
Аннаңар, айабин, тохар турчам.“

„Сірернің чазыңарда, пабаң, симіссер най,
Олох, тегілек чіли, айлан полбассар.
Че тискер азарга сірерге хайдаг оой!
Хайхапчам: хандыра чапчаңзар!“

„Синің чазыңда, оолаам, поларға андаг
Өнетін сӱртінгем кӱстіг им.
Кӧрчезің, ідізектер ӧкерек хайдаг?
Хынзаң, піреені сағаа садыбызим?“

„Сірернің чазыңарда сағыссырапчалар
Тістерні хайраллап халардаңар.
Че хайди хасты чалғызан на Сірер,
Сӧӧктерінең хада чібістер?“

„Синің чазыңда, нахлануых, кӱр полгам!
Тимір-тисті дее тайнабысчам!
Ипчімнең дее чииске ӱгреніп алгам,
Ниме дее ползын, салдабысчам!“

„Итсе-дек, пабаң, Сірернің чазыңарда,
Тогыстар поладыр итчее чох, аар.
Хайди сомысханны пурнуңарда,
Тӱзірбин, тудып алгазар?“

„Тілбірӧс! ӱс нандыриим чидер сагаа.
Алыг сурыглар пирерін тохтаттах!
Хайдаг сидік пу оолахнаң магаа!
Пардах мындартын табырах!“»

«Іди нимес,» теен Харыстаас.

«Мин дее *іди нимес* тіп сағынчам,» туртуғып ала, нандырған Алиса. «Мында даа сöстер пасха пол парғаннар, неке.»

«Пасталғаннаң тоозылғанча теере прай сöстер сабалар,» ізестіг чарлабысхан Харыстаас. Анаң тӱрче сым-сырых пол парған.

«Че, син хайдағ öскен сыннығ поларға сағынчазың?» амырны сайбабысхан Харыстаас.

«Кирек öскен сында даа нимес,» сала маңзыри нандырған Алиса. «Пілчезер бе, піди удаа алысчатханым минің кöңніме кірбинче.»

«А мин *хайдаң* пілем?» теен Харыстаас.

Мының алнында Алисаның чуртазында хачан даа пірдеезі піди тоғыр полбачаң, аннаңар ол, öкпезін пазынып, сым полыбысхан.

«Амды чи, öскен сынyңа чöпсінчезің ме?» сурған Харыстаас.

«Сынап сірер тоғыр полбинчатсар, мин *сала* улуғ арах поларчыхпын, сэр,» теен Алиса, «ӱс ле дюйм—ол уғаа асхынах, най кічіг сын!»

«Хандыра сын!» Харыстаас, öкпеленібізіп, чіке турыбысхан. Аның узуны ӱс дюйм полтыр.

«Че мин мындағ сынға кöнікпеем,» алданған чіли, ахтанған Алиса, істінде, тізең, «Олар мында прайзы мындағ тарынчахтар, таң» тіп сағынған.

«Кöместең кöнік парарзың,» теен Харыстаас, анаң, ахсына тамкы суғыбызып, пазох ыс пурлат сыххан.

Анаң Алиса пазох Харыстаастың ниме тирін, тыстанып, сахтаан. Тӱрчедең анзы, ахсынаң тамкызын сығарып, пірікі хатап изебізіп, кирілібіскен. «Пір хыри хысхаратча, пасха хыри узуннатча,» тіп ала, мискенең тӱзіре чылыбызып, ол кöк отча чыл сыххан.

«*Нименің* пір хыри? *Нименің* пасха хыри?» піл полбин, сағынған Алиса.

«Мискенің,» аның сағызын ис салған чіли, нандырған Харыстаас. Анаң хайдар-да чіде халған.

Алиса, мискенің хырилары хайда полчатханын оңарып аларға харазып, андар ӱр кöріп турған. Мискенің хырилары тегілек полған, аннаңар пу сурығны пöгіп алары сидік пілдірген. Анаң ол мискенің хириларын хол узынаң синеп, андыртын кизегестер сындырғлабысхан.

«Хайзы сари хайдағ полчаң за?» піл полбаан ол, анаң, тадии хайдағ полчаң тіп, оң сарин ызыр кöрген. Сах андох ээктерінең позының öдіктеріне ағырта теен парған!

Піди табырах алысчатханы аны ӱрӱктірібіскен. Ол, чох пол парарға итчеткен чіли, уғаа табырах кічігленчеткен. Ниме-де идерге кирек полған! Пір секунда даа чідірерге чарабас! Табырааньча мискенің сол хыринаң кизегес амзабызарға кирек. Че анзы оой ла полбаан. Ээктері öдіктеріне нари пазыл парып, ахсын даа ас полбинчатхан. Хайди полза, ол мискенің сол саринаң кічичегес кизегес ызырып алған.

«Че, хайди полза! Пазым сала пос пол парды,» тіп, öрінерге дее маңнанмаан. Алтынзар кöрібіскенде, чочып парған: иңнілері чоғыл, кöк оттарнаң сығара, мойны ла хорғыстығ сырайчатхан.

«*Пу* хайдағ кöк оттыр?» теен Алиса. «*Хайда* за минің иңнілерім? Хайран минің холларым, ноға мин сірерні кöрбинчем?» Пу сöстерні чоохтанып ала, ол холларынаң пулахтатхан, че алтында ырах кöк оттар ла сала хыймыраза тӱскеннер.

Холларынаң пазын тутхлаҷаң оңдай чох полып, Алиса мӧкейерге кӱстенген. Че мында аның ӧрінізіне, мойны хайзы даа саринзар, чылан чіли, толғал полчаттыр. Андағ оңдайнаң, аны, ипти игірлендіріп, пазын кӧк отсар чағыннадып алған. Че кӧк оттар ол кічиҷек хызыҷахтаң хай-хай пӧзік ағастар пастары полтыр. Ол туста хыринда кем-де кӱӱли тӱскен, ол, хорых парып, хайбағыныбысханда, чоон Колубок ханадынаң аның сырайын саап пар килген.

«Чылан!» аахтаан Колубок.

«*Чылан нимеспін* мин!» тарын парған Алиса. «Оортах пар миннең!»

«Чох, чылан, чылан!» пазох хысхырған Колубок, че аны киртіндір полбинчатханын сизініп, ачырғаснаң хосхан: «Ниме ле мин итпеем, че оларнаң пір дее оозып алҷаам чоғыл.»

«Мин піл полбинчам, нимедеңер син чоохтапчазың!» теен Алиса.

«Мин чилегелер аразында чазынғам, чар алтында чазынғам, табылғаттар аразында чазынғам,» Алисаа даа хайығ айландырбин, узаратхан Колубок. «Че пу чыланнар прай чирде! Хайди оларнаң озып алҷаң?»

Алиса пір дее ниме оңарбинчатхан, че Колубокты тохтатчаа чох полған.

«Мин, уйа пазып, маң чохтанчам,» хоптанған Колубок. «Че мында, тізең, пу чыланнарның ӱҷӱн хараа-кӱнӧрте сиргектенер кирекпін. Мин ӱзінҷі неделя хараам чаппин парим!»

«Мин айапчам сірерге,» теен Алиса, нимедеңер чоохтапчатханын сизініп.

«Мин иң не пӧзік ағасты таллап алғам,» узаратхан Колубок, сала ла хысхырысха кірбин. «Сағынғам, анда оларнаң арачылан халарбын. Че олар, тізең, тигірдең тӱсчелер! У-ух, ол чыланнарны!»

«Теем хайза, мин чылан нимеспін!» теен Алиса. «Мин… мин…»

«Андағ даа ползын. Че кемзің син?» теен Колубок. «Кӧр кӧрербіс, ниме син сағынып аларзың!»

«Мин… мин кічиҷек хызыҷахпын,» позы позына даа киртінмин, тапсабысхан Алиса, анаң хайди пол чӧрчеткенін сағысха кир килген.

«Хайдағ хынығ,» чиркен парған чіли, теен Колубок. «Мин кӧп кічиҷек хызыҷахтарны кӧргем, че *пірдеезінің* мындағ узун мойын полбаан. Чох, чох! Син чыланзың, мин пілчем, чойланма. Ам хаҷан даа нымырха чібеем тирзің ме?»

«Нымырха мин *чеем*,» нандырған Алиса (ол чойлан полбас хызыҷах полған). «Че, сынап пілерге хынзаң, хызыҷахтар чыланнарнаң асхынах нимес нымырхалар чіпчелер.»

«Киртінминчем!» теен Колубок. «Че, сынап андағ полза, олар чыланнарныңох чарымы поларлар. Прай пілдістіг!»

Аның сӧстері Алисаны сағысха тӱзірібіскеннер, ол тӱрче сым полған. Ол арада Колубок хосхан: «Син нымырха тілепче поларзың. Мині хаңырт полбассың! Мағаа пасхазы пар ба: кемзің син—хызыҷах алай чылан.»

«Че *мағаа* пасхазы пар,» сала маңзыри тоғыр сапхан Алиса. «Мин нымырхалар тілебинчем. Сынап тілеен дее ползам, *синин* тілебесчікпін. Мин чіг нымырхалар чібинчем.»

«Оортах пар мындартын!» тарыстығ нандырған Колубок, уйазында иптенчедіп. Алиса, пазын чабыс тӱзіріп алып, ағастар аразынҷа чадаптаң на чылчатхан. Пірееде пазы, салаалар аразында хаап парза, андыртын сығарарға киліcчеткен. Мискенің кизегестерін ам даа холда тутчатханын сизін салып, оларны пірде пірсін ипти ызырып ала, пірде узуннап, пірде хысхарап, хайди полза, позының ӧскен сыны чадап ла айландырып алған.

Пастап ағаа мындағ сыннығ сала изі чох полған. Че нинҷе-де тус пазынаң, кöнiк парыбысханда, мының алнындағы чiли, позы позынаң чоохтас сыххан. «Че, мин чарым пöгiнiмнi толдыр салдым. Пу алыстырығлар кiзiнiң пазын матап айландырчалар. Пiр дее пiлбинчезiң пiр минута пазынаң хайдағ пол парарыңны. Че амды, минiң сыным айландырылғанда, ол сiлiг садсар парарға кирек. Че хайди андар парарға, кем пiлче?» Iди чоохтанып ала, ол ачыхсар сых килген, анда пöзiгi тöрт футча тураҷах турчатхан. «Мында кем дее чуртаза,» сағынған Алиса. «Андар позымның öскен сынымнаң кiрерге чарабас. Олар, минi кöр салзалар, хуттары сығар чоғыл ба». Ол пазох мискенiң оң сариның кизегiн кимiр сыххан, öскен сыны он дюймға теере хысхарап парбаанда, тураҷахсар чағын пазарға тiдiнмеен.

Чардых VI

Сосхачах паза Перец

Ол тӱрче, тураны кӧглеп ала, хайди полчаан сағынып турған. Че кинетін арығдаң сӱмекчін сығара чӱгӱр килген (ол аны кискен кип-азаа хоостыра лакей полар тіп чарат салған, че сырайынаң кӧрзе, ол палығасха тӧӧй полған), анаң тураның ізігін тазылада тоор сыххан. Ізікті тоғылах сырайлығ, тозырах харахтығ, пағаа тӧӧй кізі (кип-азаа хоостыра сӱмекчінох осхас) азыбысхан. Хайди сизінген Алиса, сӱмекчіннернің ікізінің састары сибіректелген паза пудранаң сӱртілген осхас. Алисаның ниме полчатханын пілері килібіскен. Ол, ағырин чағын пастыр киліп, тыңнап сыххан.

Палығас-сӱмекчін холтых алтынаң позынаң сала ла тиң нимес, чоон конверт сығарып, Паға-сӱмекчінге туди пирген: «Герцогиняа! Хан Ипчінең крокет ойнирға хығыртығ!» Чіп-чіке турчатхан Паға-сӱмекчін, анынох сӧстерін, кӧмес хозымнарын алыстырыбызып, хатабысхан: «Хан Ипчінең! Герцогиняа крокет ойнирға хығыртығ!»

Анаң, олар, мӧкейіп, пазырысчатханнарында, сибірек састары пытхалыс парғаннар.

Алиса, тудын полбин, хатхырыбысхан, анаң, хатхырызын ис салбазыннар тіп, арығзар ойлабысхан. Андартын нандыра пахлабысханда, Палығас-сӳмекчін парыбыстыр, че Паға-сӳмекчін, тізең, ізік хыринда, чирде одырып, харахтарын тигірзер тозырайт салтыр.

Алиса, ағырин, азах узында ізіксер пас киліп, тохладыбысхан.

«Тохладарға кирек чоғыл,» теен сӳмекчін. «Ікі сылтағ хоостыра. Пастағызын, мин дее, Сірер дее ізіктің пу сариндазыбыс. Ікінчізін, ізіктің тігі саринда улуғ кӱӱлес, аннаңар сірернің тохлатханыңарны пірдеезі испес.» Сынап таа, турадаң хайдағ-да пасхачыл кӱзӱрес истілчеткен: кемде орлапчатхан, апсырчатхан, анаң пазох орлапчатхан. Тӱрче итпинең хайдағ-да ниме хорғыстығ нызыри тӱскен: таң іділ, таң кӧдес чара чачырап парған ма.

«Андағда чоохтап пиріңер мағаа, хайди андар кірерге?» сурынған Алиса.

«Сынап піс ізіктің ікі пасха саринда полған ползабыс, тохладарчыхсарох. Че Сірер тураның *істінде* полып, тохлатхан ползар, мин сірерні тастынзар сығарыбызарчыхпын,» іди тигірзерох харап, Алисаа даа, аның сӧстеріне дее хайбин, чоохтанчатхан сӱмекчін. Алисаа ол позын нимее салбинчатхан чіли пілдір парған. «Паза хайди поларзың за,» сағын салған ол. «Синің харахтарың *сала ла* тигейінде нимес ноза. Че син минің суриима нандырар кирексің… Хайди мин кіріп алим?» хатабох тың иде сурыбысхан ол.

«Мин мында таңдаға теере одырарға сағынчам…» тапсабысхан сӱмекчін.

Ол туста ізік хазыра азылып, турадаң чоон табах сығара учуғып, сӱмекчіннің пазына сала теңмин, ырах ниместе турчатхан ағасха теep, оодыл парған.

«…алай ба таңдӱрӱкке теере,» пір дее ниме полбаан чіли, амыр ӱннең узаратхан сӱмекчін.

«Мин хайди кіріп алим за?» сала хысхырбин, ӱнін кӧдіріп, сурыбысхан Алиса.

«*Ноо кирек* сірерге андар кірерге?» теен сӱмекчін. «Сынап пілерге хынзар, пастап Сірерге анзын сурарға кирек полған.»

Итсе, ол сын чоохтапчатхан, че Алиса хынмачаң, хачан анынаң іди чоохтасчатсалар. «Пу нимелер кізідең сарызарға ла пілчелер!» перінібіскен ол. «Хара пасхачыл! Хайдағ андағ ниме полчаң!»

Сӱмекчін, анзын на сахтаан чіли, позының олох сағызын пасха сӧстернең читтір пирген: «Мин мында тӧреміл кӱннең кӱнге одырчам.»

«А *мин* чи хайди полим?» сурыбысхан Алиса.

«Хайди ползар, іди полыңар!» тібізіп, сӱмекчін хайдағ-да сарынның кӧӧн сығырт сыххан.

«Анынаң чоохтасчаа чоғыл,» Алисаның ідіргегі тудып пастабысхан. «Алығ ба, таң.» Анаң ол, ізік азып, туразар кір килген.

Сах андох кухняда пол парған. Кухняа толдыра ыс полған. Герцогиня, ӱс азахтығ одырчыхта одырып, хойнында час пала тутчатхан. Сӱмекчін хыс, пес хыринда хайынып, чоон кӧдестегі нимені (ӱгӱрее тӧӧй полған) пулғастырчатхан.

«Олар ӱгӱрелеріне перец иртіре салыбыстырлар ноо!» сағынарға ла маңнанған Алиса, анаң, кил, апсырған.

Перец ӱтӱреде ле нимес, ідӧк *кииге толдыра* чіли пілдірген. Герцогиня даа піреде апсыр турған, палазы, тізең, ӱзігі чох орлапчатхан паза апсырчатхан, апсырчатхан паза орлапчатхан. Чалҷыдаң пес хыринда одырчатхан хоосха ла *апсырбинчатханнар*. Хоосханың кӱлінізі хулахтарына читіре осхас полған.

«Пыросынчам,» чоохты позы пурун пастапчатханына чалтанып ала, теен Алиса. «Чоохтап пирерҷіксер бе мағаа, ноға сірернің хоосхаңар іди кӱлінче?»

«Ол Чешир Хоосха, аннаңар іди кӱлінче,» нандырған Герцогиня. «У-у, сосха палазы!»

Халғанҷы сӧстерін ол уғаа ӧкпеліг чоохтаныбысхан. Алиса чочаанынаң сала ла сегіре тӱспеен. Че ол сӧстер позына нимес, а час палаа чоохталғанын сизін салып, махачыланыбызып, пазох тапсабысхан:

«Мин Чешир хоосхалар кӱлін полчатханнарын пілбеем.»

«Кӱлін полчалар прайзы, кӧбізі анынаң пасха пір дее ниме идерге пілбинчелер.»

«Кӧнізінең чоохтаза, мин андағ хоосханы хаҷан даа кӧрбеем» чоох пасталчатханына ӧрініп, че олох туста аны тарындырыбыспасха тіп, ипти чоохтаныбысхан Алиса.

«Сынны чоохтаза, син кӧп ниме кӧрбеезің,» нандырған Герцогиня.

Аның нандырығ оңдайы Алисаның кӧңніне кірбеен, аннаңар ол пасха нимедеңер чоох апарарға чаратхан. Нимедеңер чоохтанарға сағынчатханда, чалҷы хыс, кӧдесті пестең хыйа алыбызып, Герцогинязар паза аның палазынзар холына ла кірген нимедең сыбалап сыххан. Оларзар пастап кӧзес паза сыбырғы учуханнар, оларның соонҷа—аймах-пасха ідіс-хамыстар. Герцогиняның, ол нимелерге, ағаа теңзелер дее, пір дее кирегі халбинчатхан. Палазы, тізең, хаҷанох аахтап турған, аннаңар пілҷее чох полған, оларға ағырта теепче бе алай ба чох па.

Чоон ідіс, час паланың тумзииның хыринча, сала налбайта саппин, учуххан. «*Сагыс алыныңар*, хайди полчазар!» мындағ ниме полчатханына ӱрӱк парып, хысхырған Алиса. «Ол уғаа аарлығ *тумзугас* ноза!»

«Сынап полғаны ла ниме итчеткенін пілінген полза, ибіре прай ниме айлахтаныбызарчых,» хырлаан Герцогиня.

«*Іди дее* ибіре прай ниме хараа-кӱнӧрте айлахтанча,» позының хыйғазын кӧзідерге оңдай килісткеніне чӧпсініп, теен Алиса. «Чир чибіргі тӧрт сағат аразына позының ибіре айлахтан пар килче. Аны сизік хабарға…»

«Хабарға?» Герцогиня тӱрче сым пол парып, ниме-де сағысха кир килген чіли, абоғыр сыхxан. «Хап! Хап аны!»

Алиса чочыныснаң сӱмекчін хыссар, исті бе тіп, хайбағыныбысхан. Че анзы, пір дее ниме испеен чіли, ӱгӱре пулғастырчатхан. Анаң Алиса, махачыланыбызып, узарат сыхxан: «*Мин пілгенни*, чибіргі тӧрт. Алай он ікі бе? Мин…»

«Ох, чархастығ полбадах! Саннардаңар исчеем чоғыл,» тібізіп, Герцогиня, палазын, хайдағ-да ыр ырлап ала, паайлап сыхxан, полған на рифма соонаң аны хайдадар сілік турған:—

«Синің иркең апсырыбыссох,
Перец пир агаа—узыбызар.
Ол прай ниме оңарча олох,
Öнетін кізіні тарыхтырар!»

Чалчы хыснаң час пала сарынға хозылыбысханнар:—
«Уа! уа! уа!»

Іди прайзы ыр-сарынға кірібісkеннерінде, Герцогиня, ӧкпеленген чіли, палазын ӧӧр тастап сыхxан, анзы удур хайдағ-да сӧстер абоғыр сыххан. Алиса аның сӧстерін сала-пула ла ис халған:—

«Иркеүеемні апсырыбыссох,
Матап сохчам, айабин.
Ол перецке хынча олох,
Аннаңар чізін, харыспин.»

Анаң пазох прайзы сарнап сыххан:—
«Уа! уа! уа!»

«На! Хынзаң, паланы кӧр!» сӧстернең час пала Алисаның холларынзар учух килген. «Мағаа, парып, тимненерге кирек. Мин пӱӳн Хан Ипчінең хада крокет ойнапчам!» Герцогиня табырааҷа кухнядаң сыға халған. Сӱмекчін хыс аның соонҷа сковородка позыдыбысхан, че теерте тастап полбаан.

Алиса час паланы чадап ла холда тудып алчатхан. Кӧрімге ол хайдағ-да пасхаҷыл полған: азах-холлары хайдар ла полза тырбайысчалар. «Талай чылтызы ла осхас,» сағын салған Алиса. Хайран палаҷах, оор позытчатхан машина ла чіли, улуғ тынып ала, пірде чыыра тартынчатхан, пірде ээлчеткен, аннаңар Алисаа аны холда тудып аларға сидік полған.

Ол, хайди полза, оңарып алған, хайди аны паайлирға (аны пик иде ораап алып, сайалбазын тіп, оң хулааннаң паза сол табанынаң пик иде тудар кирек полған). Іди ол аны тасхар, арығ киинең тынарға сығар килген. «Мин аны мындартын апарыбыспазам, олар аны пӱӳн-таңда ӧдір саларлар!» сағынған ол. «Аны мында артыс салары ӧдіріске тиңнелбес пе хайди?» Халғанҷы сӧстерін ол истілдіре чоохтаныбысханда, час пала, хорхлап, нандыр пирген (апсырарын за ол амды апсырбинчатхан). «Хорхлаба!» теен Алиса. «Сағаа іди поларға киліспинче.»

Час пала пазох хорхлабысханда, Алиса, хорых парып, ниме полча полҷаң тіп, андар ситкіп көрібіскен. Тумзии аның, ікінҷілес чох, кізінине тӧӧй полбаан: хайдағ-да *най ла* чалбах, ортызында—ікі тизік. Харағастары най ла кічиҷегестер. Аның прай даа көрімі хайдағ-да пасхаҷыл полған. «Ол іди сӱркӱңнепче полар,» чарат салып, Алиса пазох аның харахтарынзар, анда харах частары пар ба, чох па тіп, пахлабысхан. Пір дее харах частары чох полған. «Сынап син сосха палазы пол парарға итчетсең, аарлиичаам,» теен Алиса. «Синнең піске хада итчең ниме чоғыл. Піл аны.»

Парасханах пазох сӱркӱңнебіскен (алай хорхлабысхан ма, пілҷее чох полған). Нинҷе-де тус олар сым на пол парғаннар. Анаң Алиса пу паланы ибінде хайди көрерінеңер сағын парчатханда, анзы пазох тың иде хорхлабысхан. Алиса, чочып парып, андар көрібіскен. Амды за *ікінӳілес чох*: пу сынап таа сосха палазы полтыр—Алиса анзын оңар салып, ноо кирек аны холда апарарға тіп чарат салған.

Сах андох ол аны чирзер позыдыбысханда, анзы кӧні арығзар ӳкӳс салған. «Сынап ол кізілер аразында ӧскен полза, аны уғаа соохсыныстығ пала тіп санирҷыхтар. Че, сосхаҷах чіли, ол уғаа ачыстығ,» сағынған Алиса. Анаң ол таныс олғаннарны сағысха кир сыххан, хайзылары ачыныстығ сосхаҷахтар поларҷыхтар. «Сынап мин пілген ползам, хайди оларны сосхаҷахтарға айландырыбызарға,»—тіп сағын париғанда, кинетін не ырах ниместе салаада одырчатхан Чешир Хоосханы кӧр салып, сала ла худы сых парбаан.

Хоосха, Алисазар кӧріп, ырсайчатхан. Ол чалахайланчатхан даа полза, аның тырғахтары *уғаа* узун, тістері чітіг полғанынаңар анынаң ипти чоохтазар кирек полған.

«Кысаҷах, Чеширегес,» піди адаза, Хоосха хынар ба, чох па тіп чалтанып ала, пастаан Алиса. Хоосха уламох чалбайыбысхан. «Тарынминчаттыр»—чарат салған Алиса, анаң узарат сыххан: «Чахсы идіп, мағаа чоохтап піріңердек, хайди мағаа мындартын сығып аларға?»

«Анзы син хайдар парарға итчеткеніңнең полар,» нандырған Хоосха.

«Пасхазы чоғыл, хайдар даа,» теен Алиса.

«Андағда пасхазы чох полар хайзы даа чолҷа парза,» теен Хоосха.

«*Пірее ле чирзер* килерге,» чарытхан Алиса.

«Син пірее чирзер килерзің, че аның ӳчӳн уғаа ӳр парарға кирек,» теен Хоосха.

Анзы пілдістіг полған, аннаңар Алиса сурығны пасха саринаң пирерге чаратхан: «Пу чағында кем чуртапча?»

«*Анда,*» оң алны азаан сунып, нандырған Хоосха. «Пӧрікчі чуртапча.» «*Тігде,*» ол сол алны азаан суныбысхан: «Хозан чуртапча. Хайзынзар даа пар. Олар ікізінең алазааннар.»

«Чох, минің андағларзар парарым килбинче,» тоғырланған Алиса.

«Пасхазы чоғыл,» теен Хоосха. «Піс мында прайзыбыс алазааннарбыс. Мин дее алазаанмын, син дее.»

«Син ноға мині алазаан тіп санапчазың?» сурған Алиса.

«Андағ поларға кирек,» теен Хоосха. «Іди полбаза, син хайди мында пол парғазың за?»

Алиса, аның сӧстеріне киртінминчетсе дее, узаратхан: «Позың алазаанын син хайдаң пілчезің?»

«Пастап чоохтирбыс, адай алазаан нимес,» пастаан Хоосха. «Син анзынаң чарасчазың ма?»

«Андағ даа полар,» нандырған Алиса.

«Йа, анзы андағ,» узаратхан Хоосха. «Адай, тарынчатса, ыыранча, че, öрінчетсе, хузуриинаң пулғапча. *Мин*, тізең, хачан мағаа чахсы полза, мығыранчам, че, хачан тарынчатсам, хузуриимнаң пулғапчам. Андағда пол парча: мин—алазаанмын.»

«*Мин* анзын мығыраныс нимес, а хайлас тіп адапчам,» тоғыр сапхан Алиса.

«Хайди хынзаң, іди ада,» нандырған Хоосха. «Син пӱӱн Хан Ипчізер крокетке парарзың ма?»

«Мин крокет ойнирға хайдадар хынчам,» теен Алиса. «Че мині андар хығырбааннар.»

«Анда тоғазарбыс,» тібізіп, Хоосха кинетін чіт чöрібіскен.

Алиса анзына таңнабаан даа, ол мында полчатхан пасхачыл киректерге ӱгрен тее парған. Че хачан ол ам на Хоосха одырған чирзер кöрчеткенде, анзы кинетін андох одыра тӱскен.

«Сала ла ундут салбадым сурыбызарға, час пала хайдадыр?» чоохтаныбысхан ол.

«Ол сосха палазына айлан парған,» амыр ӱннең нандырған Алиса, андағ нимелер полчатханында пір дее таңнастар чох чіли.

«Ідöк сағынғам чізе,» тібізіп, Хоосха пазох чіт чöрібіскен.

Алиса, аны, арса, пазох сых килчең ме тіп, кöмес сахтаан. Че ол паза кöрінмеен, аннаңар ол Хозан чуртапчатхан саринзар (хайдар Хоосха кöзіткен) пастыр сыххан. «Пöрікчілерні мин мының алнында даа кöргем—сағын парчатхан ол—Че Хозаннаң, ағаа хоза алазааннаң, тоғазарға хыныг поларчых. Алай ол алазаан даа полбас. Хозаннар кöрік айында алаахчалар, амды, тізең, силкер айы». Пазын чоғар кöдірібіскенде, ол пазох салаада одырчатхан Хоосханы кöр салған.

«Хайди син чоохтадычыхсың? Кемге айлан парған: „сосхачахха“ ба, алай „хоорачахха“ ба?» сурыбысхан Хоосха.

«Мин теем „сосхачахха“,» нандырған Алиса. «Мин синнең сурынчам, іди кинетін чітпе паза сыхпа. Минің андағ нимелердең пазым айланча.»

«Чарир,» теен Хоосха. Че амды ол кинетін нимес, ағырин, кӧместең чіткен хузуриинаң сығара кӱлінізіне теере, хайзы прай позы чіт парғанда даа, кӧмес кӧрінген.

«Хайдағ пасхачыл,» сағынған Алиса. «Кӱлініс чох хоосхаларны мин удаа кӧрчеңмін, че хоосха чох кӱліністі... чуртазымда андағ хыныг нимені хачан даа кӧрбеем!»

Ол аннаң андар пар сыххан, че Хозанның туразы чағын полтыр. Ол аның туразы полчатханы ікінчілес чох полған: тӱдӱннері, хозан хулахтары чили, сорайысчатханнар, хыры, тізең, теерідең чабых полған. Тура улуғ полған, аннаңар, ӧскен сынын ікі футха теере ӧскірібізер ӱчӱн, Алисаа мискенің сол хыриндағы кизегін кӧмес ызырыбызарға киліскен. Че андағ даа полза, Алиса ол туразар, чалтанып ала, чағдаан. «Сынап ол най ла алазаан полза чи? Пӧрiкчiзер парған ползам, артых поларҷых, арса?» сағынған ол.

Чардых VII

Орын Алыстырып, Чей Іскені

Тураның алнындағы ағастар тӧзінде стол турған. Стол кистінде Хозаннаң Пӧрікчі, чей ізіп, одырғаннар. Оларның аразында тиреӊ уйғудағы Тарбаған одырған. Олар ағаа, частыхха чіли, сығанахтанып алып, аның пазының азыра чоохтасханнар. «Хайдағ ағаа изі чох!» сағынған Алиса. «Итсе, узупчатханда, ағаа пасхазы чоғыл, неке».

Стол уғаа улуғ даа полза, пу ӱзӧлеӊ аның пір пулиинда ла ымахталыс партырлар. Анаң олар, чағдапчатхан Алисаны кӧр салып, «Орын чоғыл! Орын чоғыл!» тіп хысхырыза тӱскеннер. «Чох, *андағ нимес*! Пар!» ӧкпеленіп, тоғырланған Алиса, анаң стол пазында турчатхан одырчыхсар одыр салған.

«Хызыл араға ізерзер, арса?» аалчыны удурлапчатхан чіли, нымзах ӱннеӊ сурыбысхан Хозан.

Алиса столзар кӧрібіскен, анда чейнең пасха пір дее ниме чох полған. «Столда пір дее хызыл араға кӧрбинчем,» нандырған ол.

«Йа, пір дее араға чоғыл чізе,» теен Хозан.

«Килген кізіні улуғлабинчаттырзар: столда чох нимені пирерге итчезер,» тарыныбысхан Алиса.

«Сірер дее улуғлас—нимедір ол, пілбинчеттірзер: Сірерні хығырбаза даа, киліп, одыр салчаттырзар,» нандырған Хозан.

«Мин пілбеем, пу *сірернің* стол полчатханын,» теен Алиса. «Ол кӧп кізілерге салылтыр, че сірер мында ӱзӧлең-незер.»

«Сірернің сӱрместерің хыпты сурчалар,» чарлабысхан Пӧрікчі. Ол пайаадаң Алисаны ситкіп кӧрглеен, че пу аның пастағы ла сӧстері полғаннар.

«Сірерге кізіні ӱзӱрбеске ӱгреніп алза, чахсы поларӌых,» хатығ чоохтаныбысхан Алиса. «Улуғлап пілерге кирек.»

Мындағ сöстерні ис салып, Пöрікчі, хайхаан чіли, харахтарын улуғ идібіскен, че анаң саңай пасха ниме *сурыбысхан*: «Одырчыхтың паза садығ туразының хайдағ тööй сарилары пардыр?»

«Че, хынығ чуртас пасталыбысты,» сағын салған Алиса. «Олар таптырғастар таапчаттырлар. Анзы чахсы». «Ой, тохтаңардах, амох чоохтап пирем.»

«Нööс Сірер пу сурыға нандырып аларға сағынчазар?» сурған Хозан.

«Йа, сын» теен Алиса.

«Андағда піліп аларға чарир ба, ниме Сірер чоохтирға итчезер?» сурған Хозан.

«Мин… мин ниме сағынчатханымны чоохтирға итчем, кöнізінең, мин ниме чоохтирдаңар сағынчам… Итсе, пасхазы чоғыл,» маңзырап сыххан Алиса.

«Андағ нимес,» кизе сапхан Пöрікчі. «Сірер сағынчазар, пасхазы пар ба, хайди тирге „Ниме кöрчеткенімні чіпчем“ алай ба „Ниме чіпчеткенімні кöрчем“»?

«Алай пасхазы пар ба, хайди тирге „Ниме хынзам, аны алчам“ алай „Ниме алзам, ағаа хынчам“?» хосхан Хозан.

«Алай пасхазы пар ба, хайди тирге „Хаҷан узупчатсам, тынчам“ алай „Хаҷан тынчатсам, узупчам“?» хосхан Тарбаған. Ол уйғузының аразында чоохтан полчатханға тööй полған.

«Сині кöрзе, сынап таа сағаа пасхазы чох осхас, хайди даа чоохтанза,» чарлабысхан Пöрікчі. Мыннаң чоохтазығ ӱзіл парған. Ханҷа-да тус прайзы сым на одырғаннар. Алиса одырҷыхтардаңар паза садығ тураларынаңар ниме пілчеткенін прай сағысха кирерге кӱстенген. Че пілчеткен нимезі асхынах полған.

Амырны пастағызын Пöрікчі сайбабысхан. «Пӱӱн хайдағ кӱндір?» айланған ол Алисазар. Ол ізебінең час сығарып, хыныхсыбин андар кöрібізіп, сілігібізіп, аны хулаанзар чағын иткен.

Алиса, кӧмес сағысха тӱзібізіп, теен: «Тӧртінҷі.»

«Ікі кӱнге азынада парыбыстыр,» улуғ тыныбысхан Пӧрікчі, анаң, Хозанзар кӧрібізіп, тарынҷах хозыбысхан: «Мин сағаа „чағбан хайах часха чарабинча“ теем хайза.»

«*Иң не артых* хайах полған,» амыр нандырған Хозан.

«Таласпинчам, че хайахтаң хада андар оох-теек нимелер кір парғаннар,» перінген Пӧрікчі. «Хайди часты халас кисчеткен пычахнаң хасхлир.»

Хозан, тапсабин, часты алып, кӧрглеп алып, чейліг чірчезер суғыбысхан. Анаң, сығарып, пазох кӧрглеен. Че ниме чоохтанҷаан даа таппин, пазох тібіскен: «*Иң не артых* хайах полған.»

Алиса аның иңні азыра, чапсырхап, чассар кӧрібіскен. «Хайдағ пасхаҷылдыр! Кӱнні кӧзітче, че сағатты кӧзітпинче,» тібіскен ол.

«Ноо кcallректір сағат?» пулбыраныбысхан Пӧрікчі. «Сірернің частарың *чылны* кӧзітче бе, хайди?»

«Чох, чох!» сала маңзыри нандырған Алиса. «Тус табырах парча ноза, че чыл пір ле полча.»

«Минің киреем арығ,» теен Пӧрікчі.

Алиса чалтан парған. Ол пір дее піл полбаан, хайди іди кирек арығ полча полҷаң. Пӧрікчі орли ла чоохтанчатхан чіли пілдірген, че андағ даа полза, аның сӧстерінде сын пар полған. «Мин пір дее ниме піл полбадым,» амыр арах тапсабысхан ол.

«Тарбаған пазох узупча ноза,» тібізіп, Пӧрікчі аның пурнынзар ізіг чей тамҷыладыбысхан.

Тарбаған, харахтарын даа аспин, пазын на чайхап, чоохтаныбысхан: «Йа, йа, мин ідӧк тирге иткем.»

«Че, сірер хайди? Таптырғасты таап полдар ба?» Пӧрікчі Алисазар айланыбысхан.

«Чох, таап полбинчам,» нандырған Алиса. «Хайдағдыр аның нандырии?»

«Салиҷек тее пілбинчем,» теен Пӧрікчі.

«Мин дее,» теен Хозан.

Алиса улуғ ла тын салған. «Андағда сірер ноға таап полбас таптырғастарны пирчезер?» теен ол. «Тике ле тус ирт парды.»

«Сірер Тусты асхынах пілчеткен осхассар. Сірер аны, мин чіли, көп көрбеен одырзар,» теен Пөрікчі.

«Піл полбинчам, нимедеңер сірер чоохтапчазар,» теен Алиса.

«Андағ! Андағ!» Пөрікчі, хоғдайған оңдайнаң, ээгін көдірібіскен. «Мин сағынчам, Сірер Туссар хайди айланарын даа пілбинчезер.»

«Пілче дее полам,» аны тарындырыбызарынаң хорығып, ағырин тапсаан Алиса. «Че мин хаҷан даа пілчем, хайди Аны хорадарға.»

«Мына за! Амды пілдістіг!» теен Пөрікчі. «Кем хынар, хаҷан Аны хоратчатсалар, аннаңар Ол сірернең оортах тудынча. Тус аҷа хынча, хаҷан анынаң ынағ ползалар паза хоратпинчатсалар. Андада ол сағатты, сірер хайди хынзар, іди көзідер! Көзідімге, тоғыс сағат иртен, йа. Уроктар пасталар киректер, че сірер сыбырабысчазар: Тус аҷа, полыс пиріңердек! Ол сағамох пасха сағат көзіт сығар. Пір—ікі! Паза ла көрзер, пір сағат чарымы: азыранарға кирек.»

(«Мин азыранарға ла хынчам,» сыбыхтаныбысхан Хозан.)

«Чахсы поларҷых, мин дее іди сағынчам,» теен Алиса. «Че андағда… Итсе, минің азыранарым килбинче.»

«Сынынаң чоохтаза, көмес тее азыранып аларға,» теен Пөрікчі. «Че азыранарларың килбинчетсе, сірер часты пір сағат чарымда нинҷе хынғанча тудыңар.»

«*Сірер* анынаң іди чөптезіп аларзар, йа?» сурған Алиса.

Пөрікчі, мөңістен парып, пазын тӱзірібіскен. «Мының алнында чөптезіп алҷаңмын, че көрік айында хырызыбысхабыс. Ана ол,» Хозанзар чей самнағынаң улабысхан, «алаамдырланар алнында. Хан Ипчі улуғ концерт иткен, мин анда ырлаам:—

„Чейник хайнапча.
Чірчеуек чалтырапча!“

Сірер пу сарынны пілчезер, арса?»

«Ағаа тööй арах сарын сағысха кірче,» теен Алиса.

«Аннаң андар піди сарналча:—

„Сеек мööт чиирге
Піссер, ааллап, учухча.
Чейник хайнапча…“»

Тарбаған уйғузының аразында, тыраңни тӱзіп, пулбыран сыхxан: «*Чейник хайнапча, чейник хайнапча, чейник хайнапча…*» Аны сімҷіктебісекеннерінде ле, тохтап парған.

«Хаҷан мин пастағы купледін сарнабысханымда,» узаратхан Пöрікчі—«Хан Ипчі, тура хоныл, ырдыр сыхxан:

„Сірер! Көрбинчезер бе? Ол сарнап полбинча ноза! Ол Тус ла хорадарға пілче! Пазын ӱзе сабыңар!“»

«Хайдағ орли ла ниме полған!» хысхыра тӱскен Алиса.

«Ана ол Тустаң пеер,» чооғын мӧңіс моос салған Пӧрікчі. «Мин аны хығырчам, хығырчам: „Тус аҷа! А, Тус аҷа!“ Че ол минзер паза килерге хынминча. Кӱннер изерістіре иртчелер, че хайди алты сағат полған, ідӧк ле турча.»

Че мында Алисаның пазына чалтырама сағыс кір килген. «Аның ӱчӱн мында кірліг ідіс-хамыс толдыра ба?» сурған ол.

«Йа, аның ӱчӱн,» улуғ тын салған Пӧрікчі. «Піс ол тустаң сығара чей леісчебіс, че стол кистінең турып, ідіс-хамысты, арығлап, чыы тарт салар кирек парбинча.»

«Аннаңар сірер стол ибіре пірде пір орынзар одырчазар, йа?» сурған Алиса.

«Хап-орта,» пазын икібіскен Пӧрікчі. «Арығ ідіс-хамыс кирек полза.»

«Сірер одырған чирзер нандыра айлан килзер чи, ниме полча?» махачыланыбысхан Алиса.

«Пасха нимедеңер чоохтазааңардах,» изеп ала, ара кірізібіскен Хозан. «Мағаа пу чоох чархастығ пілдірібісті. Пістің аалҷыбыс пірее нымах чоохтап пирер, арса?»

«Чоохтап полбаспын, неке,» теен Алиса, кирек піди алызарға иткенінең хорых парып.

«Андағда Тарбаған чоохтазын!» пір ӱннең хысхыра тӱскеннер Хозаннаң Пӧрікчі: «Тарбаған! Усхун!» Олар аны учазынаң сімҷіктебісkеннерінде, анзы ағырин харахтарын азыбысхан.

«Ӧй, ай-ооллар, мин узубаам ноза. Мин сірернің полған на сӧстеріңні искем.»

«Нымах чоохта піске,» чахаан Хозан.

«Чахсы ниме идіп, чоохтап пиріңердек!» сурынған Алиса.

«Табыраанча!» хосхан Пöрікчі. «Іди полбаза, иң хыныг орында хатап узи пирерзің.»

«Хачанда-пурунда ÿс пичечек чуртаан полтыр,» сала маңзыри пастабысхан Тарбаған. «Оларның аттары *Элча*, *Лиаса* паза Тиле полтыр. Олар інде чуртаптырлар…»

«Ниме олар чееннер?» сурыбысхан Алиса, ағаа чиис сурығлары хачан даа хыныг пілдірчең.

«Олар тадылыг суғ іскеннер,» тÿрче сағынып алып, теен Тарбаған.

«Іди чарабас ноза!» позын пілігчі полчатхан чіли кöзідерге кÿстеніп, теен Алиса. «Ағырыбызарға чарир.»

«Олар ағырғаннар,» теен Тарбаған. «*Матап* ағырғаннар.»

Алисаның сағызында хоостал килген, хайди олар іди пасхачыл чуртааннар. Сидік полған полар. Анаң ол хатап сурыбысхан: «Ноға олар інде чуртааннар?»

«Чей хоза урып алыңардах,» Алисазар айланған Хозан.

«Хайдар хоза урам,» пултайыбысхан Алиса. «Мағаа пірдеезі чей ур пирбеен.»

«Чох нимедең не пір дее ниме *ал полбас*,» теен Пöрікчі. «Че андар нинче дее *хозарға* чарир.»

«*Сірернең* пірдеезі пір дее ниме сурбаан,» теен Алиса.

«Сірерге дее кізіні ÿзÿрбеске ÿгреніп алза, чахсы поларчых,» теен Пöрікчі.

Мында Алиса, ниме нандырчаан таппин, позына чей урып алып, халасха хайах сÿртклеп алған. Анаң, Тарбағанзар айланып, пазох сурыбысхан: «Ноға олар інде чуртааннар?» Тарбаған, кöмес сағынып алып, теен:

«Оларзар öөртін тадылыг суғ тамчылаан. Ол тадылыг суғлыг ін полған.»

«Андағ іннер полбинчалар!» Алиса тарыныбызарға тимде полған, че Хозаннаң Пöрікчі аны тохтадыбысханнар. Тарбаған, тізең, пултайыбысхан: «Позыңарны хайди тудынарға пілбинчетсер, постарың чоохтаңар.»

«Чох, чох, чоохтаңар, чоохтаңар, тарынмаңар,» алдана, чöпсерген Алиса. «Сынында андағ ін пар даа полар. Мин паза ара кіріспеспін.»

«Че, чараай! Андағ полза, чоохтим дее,» тібізіп, Тарбаған аннаң андар узаратхан: «Іди ол ӱс пичеҷек чуртааннар—мöтееннер, артханнар, тартханнар…»

«Хайдар тартханнар? Хайдар?» пазох сурыбысхан Алиса, позының сым поларға сöс пиргенін ундут салып.

«Ахсыларынзар,» ӱр дее сағынмин, тібіскен Тарбаған.

«Мағаа арығ чірче кирек,» аралазыбысхан Пöрікчі. «Пір орынға чылыбызаңардах.»

Ол сöстернең ол пасха орынзар одырыбысхан, аның соонаң—Тарбаған. Тарбағанның соонаң—Хозан. Алисаа даа Хозанның орнынзар одырыбызарға киліскен. Іди орын алыстырғанынаң Пöрікчее ле чахсы пол парған. Алисаа, тізең, уламох хомай пол парған: ол орында Хозан сӱт тöк салған полған.

Алиса, Тарбағанны пазох тарындырыбызарынаң хорығып, амыр арах чоохтаныбысхан: «Мин піл полбадым. Олар тадылығ суғны артханнар ба алай тартханнар ба?»

«Мин сағынғанда, олар тадылығ суғны постары тимнеп ал турғаннар, анаң, хынып, тарт турғаннар. Иртен, кӱнöрте паза иирде ізерге чарир полған,» теен Пöрікчі. «Хайди аны даа оңнабинчазың!»

«Че, хайди олар анда чуртааннар за? Анда пірее пӱдіріг полған ма?» Пöрікчіні испеен чіли, сурастырған Алиса.

«Полбин за, полған пӱдіріг,» нандырған Тарбаған. «Олар ӱзöлең полғаннар ноза.»

Ол нандырығны ис салғанда, Алиса, саңай алаң ас парып, сым пол парған, аннаңар Тарбаған чооғын пос ла аннаң андар узаратхан:

«Іди олар артханнар паза тартханнар,» мында Тарбаған, изеп, харахтарын чысхланыбысхан: аның узиры килген ноза, „М“ букванаң пасталчатхан аймах нимелер артханнар.»

«Ноға „М“ букванаң?» сурған Алиса.

«Полза чи! Алай чарабас па?» теен Хозан.

Алиса сым пол парған.

Анаң пазох, сыдаспин, сурыбысхан «Хайдар артханнар?» Тарбаған, «Ағас салаазынзар» тібізіп, харахтарын чабызып, узи пирген. Пөрікчі, аны сімҷіктебіскенде, сиихти тӳзіп, аннаң андар чоохтап сыххан: «Йа, „М“ букванаң пасталчатхан... монҷыхтарны, морчактарны, моркамнарны, морсыныстарны... Чоохтирға ла оой, че сірер сағынчазар, оой полған ма оларны артарға?»

«Сірер миннең сурчазар ба?» чалтан парған Алиса. «Мин іди сағынминчам...»

«Сағынминчатсаңар, сым полыңар,» атыбысхан Пөрікчі.

«Че морсыныстарны чізе хайди артханнар?» салынмаан Алиса.

«Теем хайза, сым пол!» пазох тапсабысхан тігізі.

Алиса позын іди нимее салбинчатханнарын көріп, сыдаспаан. Ол, хазыр чоохтаныбызып, турып, пастыра халған.

Тарбаған мындох узи пирген, пасхалары Алисаның парыбысханына хайығ даа салбааннар. Алиса, позын, арса, нандыра айландырарлар ба тіп, хайбағыныбысханда, көрзе, тігілері Тарбағанны чейникке кире суғарға сірен парчалар.

«Паза хаҷан даа *пеер* айланмаспын,» теен Алиса, хойығ табылғаттар аразынҷа парчадып. «Пу чир ӱстӱнде иң не алаамдыр нимелер полар пу!» Ол чуртазында хаҷан даа мындағ нимее учурабаан!»

Кинетін ол ағаста киртілік ізік көр салған. «Ой, хайдағ хыныгдыр!» сағын салған Алиса. «Че амды прай ниме хыныг. Сағынчам, кірерге чарир». Іди ол, ізікті азып, кір килген.

Сах андох ол узун залдағы сӱлейке столахтың хыринда пол парған. «Че амды мин прай нимені идем іди, хайди кирек,» теен Алиса. Ол алтын клӱзекті алып, садсар ізікті азыбысхан. Анаң ол, ізебінде хайраллап чӧрген мискенің кизегестерін чіп алып, кічіглен парғанда, кічиҷек коридорны өтіре парып, *хайди-полза* уғаа сіліг садта, чапчарых чахайахтар паза сӧрӧн фонтаннар аразында, пол парған.

Чардых VIII

Хан Ипчінің Ойыны

Садтың ізиинің хыринда чоон ах розалар одыртылых полғаннар. Мындох ӱс тоғынчы, оларны хызыл сырнаң сырлап, маң чохха тӱсчеткеннер. «Хайдағ пасхачыл тоғыстыр,» сағын салған Алиса. Чахсадин кӧріп аларға пас килгенде, тоғысчыларның чоохтасчатханнарын ис салған. Пірсі тіпче: «Пис, ипти арах! Син минзер сыр чачыратчазың!»

«Мин ӧнетін нимес,» тарынчах нандырған Пис. «Читі минің холыма теep парған.»

Читі хылчаңнабысхан. «Орта, орта, Пис! Пасхаларын на пырола!»

«*Син* сым поларчыхсың!» амырабинчатхан Пис. «Хан Ипчі кичееӧк сині ӧдір саларға кирек теен.»

«Ниме ӱчӱн?» сурыбысхан пастап чоохтанғаны.

«*Синің* киреең чоғыл, Ікі!» теен Читі.

«Чох, *аның* кирее парох!» узаратхан Пис. «Мин чоохтап пирем, ниме ӱчӱн. Сағаа кухнязар ухсум ағыл килерге чахааннар, че син соғаннар ағыл килгезің.»

Читі, сырлапчатхан нимезін тастабызып, пастабысхан полған: «Пілчезің ме, ниме? Прай саба иділчеткен нимелернің...» Кинетін ол хыринда турчатхан Алисаны кӧр салып, тымыл парған. Пасхалары сах андох хайбағыныбысханнар, анаң прайзы ӱзӧлең пазыр сыхханнар.

«Сірер мағаа чоохтап пирерҷіксер бе,» кӧмес уйадып ала, сурыбысхан Алиса. «Ноға сірер розаларны пасха сырға сырлапчазар?»

Пис паза Читі, тапсабин, Ікізер кӧрібісkеннер, анзы, ағырин чоохтанған: «Пілчезер бе, мисс, піске мында *хызыл* розалар одыртарға чахаан полғаннар, че піс, алҷаас идіп, ах розалар одырт салғабыс. Хан Ипчі кӧр салза, пістің мойныбысты ӱзе сабызарлар. Аннаңар піс аның килеріне кӱстенчебіс...» Ол туста ибіре ниме полчатханын, сағыссырап, китепчеткен Пис хысхыр сыххан: «Хан Ипчі! Хан Ипчі!» Сах андох ӱс тоғынҷы чирзер тӱңере чадыбысханнар. Кистінде хаалағлар истіл сыхханда, Алиса хайбағыныбысхан: аның Хан Ипчіні кӧрері матап килген.

Алнында ікілердең изерістіре он чааҷы килчеткен. Олар, пуох тоғынҷылар осхас хайдағ-да чалбах, тӧрт пулуңнығa тӧӧй полғаннар, хол-азахтары тӧрт саринзар тырбайчатхан. Оларның соонҷа ідӧк ікілердең бриллианттардаң чазанған он сӱмекчін килчеткен. Анаң кічиҷек принцтер паза принцессалар кӧріне тӱскеннер. Оларның саны ідӧк он полған, кічіглері, сегірестеп ала, килчетселер дее, ікілердең холларынаң тудынызып алтырлар. Оларның кип-азахтары хызыл чӱрекнең—червоннай танығнаң чазалтырлар. Оларның соонҷа аалҷылар, ӧӧнінде Ханнар паза оларның Ипчілері, килчеткеннер. Оларның аразында Алиса Ах Кроликті кӧр салған. Кролик кемге-де ниме-де, маңзырап паза чӱрексіп, чоохтапчатхан, нимее-де кӱлінчеткен. Ол, Алисаны сизінмин, хыринҷа ирте халған. Оларның соонҷа Червон Валет хызамдых бархат частығаста корона апарчатхан. Анаң на хоғдайбинаң ЧЕРВОН ХАН ПАЗА ЧЕРВОН ХАН ИПЧІ кӧріне тӱскеннер.

Алиса, тігі ӱс тоғынҷы чіли, чирзер тӱңдере чадарға ба, чох па тіп, ікі сағыстан сыххан. Ол сағысха кир полбинчатхан, андағ закон парын искен ме, чох па. «Че хайдағ туза оларның піди парғаннарынаң?» сағынған ол. «Сынап прайзы тӱңдере чадыбысса, пірдеезі пір дее ниме кӧр полбас». Іди ол, мыннаң мындар ниме поларын сахтап, хайди турған, ідӧк тур халған.

Хаҷан пу чӧрім тоозыл париғанда, прайзы тохтабызып, Алисазар аңдып сыхханнар. Хан Ипчі кинетін сурыбысхан: «Пу кемдір?» Ол Червон Валетсер айланған, че анзы, кӱлінібізіп, пазыр ла пирген.

«Нимее чара-баан!» ідіргектене, пазынаң пулғабызып, Хан Ипчі, Алисазар айланып, сурыбысхан: «Синің адың кемдір, хызычах?»

«Сірернің Пөзік Адыңар чаратханынаң, минің адым Алиса,» ипти нандырарға кӱстенген анзы, че пос алынча сағын салған: «Пу олаңай ла карттарның колодазы ноза! Мин нимее оларнаң хорығам!»

«*Пулары чи* кемнер?» чирде чатчатхан ӱс тоғынчызар салаанаң улап, сурған Хан Ипчі. Олары тӱңдере чатчатханнар, оларның кӧгенектері колодадағы пасха карттарниох осхас полғаннар, аннаңар оңначаа чох полған кемнердір олар: чааӌылар ба, сӱмекчіннер бе алай аныңох палалары ба.

«*Мин* хайдаң пілем?» нандырған Алиса, махачыланыбысханына позы даа хайхап парып. «Минің оларда киреем чоғыл.»

Хан Ипчі хылығынаң хызар чӧрібіскен, харахтары, аңни чіли, чылтырас сыхханнар. Анаң чабаллан сыххан: «Мойнын ӱзе сабарға! Ӱзе сабарға! Ӱзе сабарға мойнын!»

«Алаамдыр!» хатығ паза тың иде чоохтаныбысхан Алиса. Хан Ипчі тымыла парған.

Хан, аны холтыхтап алып, амыр ӱннең теен: «Аарлииӌаам, сағын таа кӧрзеер! Ол пала ноза!»

Хан Ипчі, хазырлана, аар айланыбызып, Валетке чахығ пирібіскен: «Ойда айландырғлабыс!»

Валет, ӧдігінің узынаң, тоғынӌыларны ойда айландырғлабысхан.

«Турыңар!» абоғырған Хан Ипчі. Пу ӱзӧлең, тура хон киліп, Ханға, Хан Ипчее, принцтерге, принцессаларға—прайзына пазыр сыхханнар.

«Тохтадыңар!» чабал табыснаң аахтаан Хан Ипчі. «Пас айланча сірернің пазырыстарыңнаң!» Анаң, хызамдых розаларзар кӧзідіп, сурған: «Сірер *ниме* иткезер мында?»

«Сірернің чарадииңарнаң, Сірернің Пӧзік Адыңар,» сарсых тізегіне тӧбін тӱзіп, чалғана пастаан Ікі: «Піс кӱстенгебіс…»

«*Кӧрчем*!» розаларны кӧрглеп ала, теен Хан Ипчі. «Пастарын хыйарға! Прайзының!» Анаң чӧріс алнынзар чыл сыххан, ӱс чааӌы пу парасханнарны ӧдірерге халғаннар. Анзылары, постарын арачылап халарға алданып, Алисазар чаборап сыхханнар.

«Ӧдірбестер сірерні, ӧдірбестер!»—тіп ала, Алиса оларны ырах ниместе турчатхан улуғ чахайах ідізінзер чазырыбысхан. Чааӌылар, оларны анда-мында тілеп, таппин, пасхаларының сооңча парыбысханнар.

«Че, хайдағдыр оларның пастары?» хысхырыбысхан Хан Ипчі.

«Оларның пастары чох пол парғаннар, Сірернің Пӧзік Адыңар!» чааҷылар, ӱрчеткен адайлар чіли, пір ӱнге харли тӱскеннер.

«Хандыра!» хысхырған Хан Ипчі. «Крокет ойнаалар ба?»

Чааҷылар, тапсабин, Алисазар кӧргеннер, анзы сурығ ағаа пирілгенін таныхтаан.

«Че!» хысхырыбысхан Алиса.

«Андағда параң!» абоғырған Хан Ипчі. Алиса, мыннаң мындар ниме поларын чахсы оңарбин даа, ол чӧрімге хозылыбысхан.

«Хайдағ чахсы кӱн пӱӱн!» Алиса хыринда кемнің-де чалтанҷых ӱнін ис салған. Сизінзе, Ах Кролик аның хараанзар кӧні кӧрчеттір.

«Йа,» чарасхан Алиса. «Герцогиня хайдадыр?»

«Сым пол! Сым пол!» сала маңзыри, ағырин чоохтанған Кролик. Ол азах узында кистінзер айланып, Алисаның хулаана сыбыхтабысхан: «Аны ӧлімге чарғылабысханнар.»

«Сірер пілчезер бе, ниме ӱчӱн?» сурған Алиса.

«Сірер „уғаа ла“ тідер бе?» сурған Кролик.

«Мин „уғаа ла“ тібеем,» теен Алиса. «Мин сурғам „Сірер пілчезер бе, ниме ӱчӱн?“»

«Ол, козырьға кіріп алып, Хан Ипчіні сох салған,» пастабысхан полған Кролик. Алиса, хатхызы киліп, ээреп сыххан. «Ағырин!» хорых парған Кролик. «Хан Ипчі ис салар. Герцогиня ӱрге орайлат салған. Хан Ипчі теен…»

«Прайзы—орыннарынзар!» кӱзӱреен Хан Ипчі. Прайзы, удур-тӧдір сасхлазып-ітклезіп, андар-мындар ойлас сыханнар. Ікі минута пазынаң, прай пу ниме амырап парғанда, ойын пасталыбысхан.

«Чуртазымда мындағ пасхаҷыл крокет көрбеем,» сағын салған Алиса. Ачыхта оймах-соғыллар іди ле полған, шарлар орнына тіріг кірпілер полғаннар, масхаҷахтар орнына, тізең, тіріг фламинголар. Чааҷылар, чирзер тӧрт пахани турып, хаалхалар полғаннар.

Фламингонаң ойнирға оой ла полбаан. Алиса аны холтых алтына чадап ла ипти, азахтарын салбахтада, суғып алған. Анаң ол хустың мойнынаң хаап, кірпіні сабарға иткенде, фламинго андар хайдағ-да таңнастығ харахтарнаң кӧрібіскен. Алиса, хатхырып, сала істі чарыл парбаан. Хаҷан ол пазох аның пазынаң, пулғап киліп, сабарға иткенде, ачырғанғанына сала ылғабыспаан: кірпі, хыйа атығыбызып, мына-мына ла тизерге чӧр. Ағаа хоза, тоғылах кірпіні хайдар даа сапса, прай чирде оймахсоғыллар, чааҷы-хаалхалар, тізең, пасха-пасха орыннарзар ойласчалар. Ойнирға най сидік полғанын Алиса табырах оңарып алған.

Ойынҷылар теeске турбааннар, сарысханнар, кірпілернің ӱчӱн тудысханнар. Хан Ипчі алаанҷа ла полчатхан, азахтарынаң тепкленчеткен, полған на сай абоғырчатхан: «Аның пазын ӱзе сабарға! Аның пазын ӱзе сабарға!»

Алисаа хынии чох полыбысхан. Хан Ипчінең тартызыбыспасха тіп, ол позын пазынчатхан. «Мині хайди ла ит саларлар ни?» сағынған ол. «Мында пас ӱзе сабарға матап хынчаттырлар. Хайхастығ, хайди амға теере мында кем-де тіріг халған полҷаң!»

Хайди мындартын, пілдіртпин, чіде халҷаң тіп сағыс тутчатханда, Алиса кинетін кииде чапсых ниме сизін салған. Ол ниме полчатханын пастап пір дее оңарҷаа чох полған, че тӱрчедең ол андағ кӱлініс полчатханы пілдістіг пол парған. «Чешир Хоосхаҷах!» сағын салған Алиса. «Амды чоохтазып аларға даа чарир».

«Кирек хайди парча?» чоохтанарға ахсы кӧрін килгенде, сурған Хоосха.

Алиса, хаҷан харахтары кӧрін килерін сахтап алып, пастаң на ағаа икібіскен. «Сарсых хулаа даа сыхпаанда, ағаа нандырарға тузазы чоғыл,» сағын салған ол. Че хаҷан прай пазы кӧрін килгенде, Алиса, фламингоны салыбызысхан, анаң, аны исчең ниме пар пол парғанына ӧрініп, пу ойыннаңар чоохтап сыххан. Хоосха, пазы ла кӧрінчеткені чарир тіп санаан, нееке, аннаңар прай позын сығарбаан.

«Мин сағынғанда, пу ойын нимес, пу—хаңыртыс,» хоптанған Алиса. «Олар удур-тӧдір хайдадар сарысчалар, тартысчалар, че олох туста пірдееезі пірдееезін испинче. Хайди ойнирын даа пілбинчеткен осхастар. Пілзелер дее, олар іди итпинче поларлар. Син пілген ползаң, тіріг нимелернең ойнирға хайдағ хынии чох. Мин сабарға итсем, хаалхалар оортах ойлабысчалар. Мин Хан Ипчінің кірпізін сабызарчыхпын, че ол, минин кӧр салып, хыйа ойлабысхан.»

«Хан Ипчі синің кӧңніңе кірче бе?» ағыриин сурыбысхан Хоосха.

«Саличек тее кірбинче! Ол уғаа…» чоохтап пастабысхан полған Алиса, че Хан Ипчінің, кистінде китеп киліп, тыңнапчатханын сизін салып, тоос салған: «…чағын чиңіске, аннаңар мыннаң мындар ойнирға даа кирек чоғыл, неке.»

Хан Ипчі, кӱлінібізіп, хыйа пастырыбысхан.

«Сірер *кемнең хада* іди чоохтасчазар?» Алисазар чағдап киліп, Хоосханың пазын, чапсырхап, кӧрглеп ала, сурған Хан.

«Пу минің танызым,» нандырған Алиса. «Чарадыңар сірерні таныстыр саларға—Чешир Хоосха.»

«Аның кӧрімі минің кӧңніме кірбинче,» теен Хан. «Че, хынза, минің холымны охсанып алзын.»

«Хынминча,» тапсабысхан Хоосха.

«Харыспа паза минзер іди кӧрбе!» тіп, Хан Алисаның кистінзер чазыныбысхан.

«Хоосхаларға ханнарзар кӧрерге чарадылча,» тоғырланған Алиса. «Мин аннаңар киндеде хығырғам. Итсе-дек, хайдағ киндеде хығырғанымны оңнабинчам.»

«Аны чох идібізерге кирек,» чарлабысхан Хан, анаң хыринда ирт париған Хан Ипчізер айланған: «Аарлиичаам! Пу хоосханы хайди чох идібісчең?»

Хан Ипчінің прай улуғ алай ба кічіг сидіксіністерні пӧкчең пір ле оңдай полған. «Мойнын ӱзе сабызарға!» хайбағынмин даа, сах андох чарғы—чахаан пирген ол.

«Чааҷыны мин позым ағыл килем,» тіп оортах ойлабысхан Хан.

Алиса ойын хайди парчатханын кӧрерге чаратхан. Ырахтын теестерін чідірген ӱс ойынҷыны ӧлімге чарғылабысхан Хан Ипчінің хазыр табызы истілчеткен. Прай пу нимее Алиса хыныхсыбаан: ойын уғаа путхалыстығ полған, хачан кемнің теезі читкен ме алай читпеен ме пір дее пілчее чох полған. Ол позының кірпізін тілеп сыххан.

Анзы пасха кірпінең тудысчаттыр. Оларны амды пірсін пірсінең улдурыбызарға уғаа чахсы оңдай полған. Че аның фламингозы садтың пасха саринзар парыбызып, анда ағассар сығып аларға тике ле сірен парчатхан.

Ол, фламингозын тудып алып, нандыра апарғанча, тудыс тоозыл партыр, кірпілер чара ойлазыбыстырлар. «Пасхазы чоғыл!» сағын салған Алиса. «Олох прай хаалхалар мындартын парыбысханнар».Ол фламингозын, суура толған полбас иде, холтых алтына пик суғып алып, арғызынаң чоохтазарға айлан килген.

Че, Чешир Хоосханың ибіре толдыра чон чыылыс парғанын кӧр салып, таңнап парған. Ханның, Хан Ипчінің паза чаачының аразында хазыр талазығ парчатхан, олар, удур-тӧдір истіспин, пір саңай чоохтанчатханнар, пасхалары сым на турчатханнар, оларға изі чох полған чіли пілдірген.

Алисаны кӧр салып, пу ӱзӧлең постарының таластығ сурығларын пӧк пирерге айланғаннар. Олар пір тиңе чоохтанғаннар, аннаңар нимедеңер чоох парчатханын оңарып алары сидік полған.

Чаачы, сынап Хоосханың кӧксі чохта, пазын ӱзе сапчаа чоғыл, амға теере ол мындағ тоғыс итпеен, че *аның чазында* ӱгренерге орай тіп чоохтаан.

Хан «пазы пар ла полза, ӱзе сабарға чарир, мында таласчаң ниме чоғыл» теен.

Хан Ипчі, сынап сағамох кирек иділбезе, ол полғанын на ӧдірерге чахығ пирер теен. (Аның ӱчӱн мындағылар андағ мӧңіс паза чочыстығ полтырлар).

Алиса, сағынып-сағынып, артых ниме сағын полбин, теен: «Пу Герцогиняның Хоосхазы. *Анынаң позынаң* сурыңар.»

«Ол харибде,» Хан Ипчі чааҷаа теен: «Пеер ағыл килдек аны.» Чааҷы табырааңҷа ойли халған.

Сах ол туста Хоосханың пазы, хазарып, чіт сыххан. Чааҷы Герцогинянаң хада айланғаңҷа, пас саңай чіт чөрібіскен. Ханнаң чааҷы, аны тілеп, аар-пеер ойлас сыхханнар, пасхалары аннаң андар ойнирға парыбысханнар.

Чардых IX

Інек Азахтығ Таспағаның Улуғ Чооғы

«Э-э, минің иргі танызым полған ма хайдағ! Сірер пілген ползар, хайди мин өрінчем, Сірерні көр салып,» хысхыра тӱскен Герцогиня. Анаң Алисаны холынаң тудып алып, хыйа апарған.

Алиса даа, мындағ чалахай көңніліг Герцогиняны көр салып, чарып парған. Ол андада, кухняда пастағызын тоғасханда, перец аны іди чалахайландырыбысхан полар тіп чарат салған.

«Сынап *мин* ідӧк герцогиня пол парзам,» сағынған ол, (анзына киртінмин дее), «кухнямда *пір дее* перец тутпаспын, ӱгӱре ол даа чох татхыннығ. Алай ол перецтің ӱчӱн кізілер андағ тыртыс полча полчаңнар ба,» сағызын узатхан ол, наа піліске читчеткеніне морсынып. «Уксустаң, тізең, кӧӧ чох полчалар, ухсумнаң—хылыхтығ... че сахардаң паза кетметтерденң палалар тадылығ полчалар. Аннаңар улуғлар оларға: „О, минің тадылығастарым!“—

тіпчелер. Сынап улуғ кізілер *аннаңар* пілген ползалар, тадылығ нимелерге харанмасчыхтар.»

Герцогиняданар саңай ундут салып, Алиса, хаҷан ол хулаана орта чоохтаныбысханда, чочып таа парған: «Нимеденер сағысха тӱзібістер, аарлииҷаам. Аның ӱчӱн Сірер нандырбиндаачазар. Анзы ниме таныхтапчатханын сағам чоохтап полбаспын, че мин сағын кӧрем.»

«Нӧӧс анзы нимені-де таныхтапча полар?» ікінҷілеен Алиса.

«Андағ чізе, палам!» теен Герцогиня. «Полған на ниме нимені-де таныхтапча, анзын кӧр таап пілерге кирек.»

Алиса хыныхсыбаан. Пастағызын, Герцогиня көрімге *угаа* соохсыныстығ полған. Ікінҷізін, ол сала пӧзік арах полған, устығ ээгінең Алисаның иңнін хазапчатхан. Че Алиса, позының иптіг тудынызын кӧзідерге полып, аннаң андар тыстанарға кӱстенген.

«Амды ойын чахсы арах пар сыхты,» чоохты узарадарға сағыстаң чоохтаныбысхан Алиса.

«Йа, йа,» теен Герцогиня. «Прай пу нименің ӧӧн сағызы мындағ: „Хыныс, хыныс, син прай нименең устапчазың!“»

«Кем-де теен,» сыбыхтаныбысхан Алиса. «Сынап прайзы ниме итчеткенінеңер сағынған полза, пу чир ӱстӱнде прай ниме тискер парарҷых.»

«Йа-а! Сынап—сынап! Андағ чізе!» Алисаның иңнін ээгінең хазап ала, нандырған Герцогиня. Анаң хозыбысхан: «*Мында*, тізең, ӧӧн сағыс мындағ: „Ниме итчеткеніңні сағын. Ниме сағынчатханыңны—ит“.»

«Хайди ол прай нимеде ӧӧн сағыс табарға хынчатхан полҷаң!»—таңнап парған Алиса.

«Сірер сағынча поларзар, ноға мин Сірерні пиліңернең хуҷахтабинчам,» сала сым полған соонаң тапсабысхан Герцогиня. «Сірернің фламингоңарның хылиин пілбин, мин ікі сағыстанчам. Алай хуҷахтап кӧрим ме?»

«Аның тумзии устығ,» сизіндірген Алиса, ағаа хуҷахтаттырарға тың на хынмин.

«Хап-орта,» теен Герцогиня. «Хустың тумзии паза горчицаның тадии хатығлар. Ӧӧн сағыс мындағ: „Хузыҷахтар, чыылызыңар хазаазар!“»

«Че горчица—ол хус нимес,» таласхан Алиса.

«Сірер хаҷан даа сын чоохтапчазар,» чарасхан Герцогиня. «Хайди Сірер сағыстарыңны чарыда чоохтап полчазар!»

«*Мин кӧргенде*, ол чирнің хуба-тас ис-пайы.»

«Андағ-андағ чізе,» Алисаның полған на сӧзінең чарасчатхан чіли, пазынаң икеен Герцогиня. «Аны мыннаң ырах ниместе аныпчалар. Ӧӧн сағыс мындағ: „Хуба тас— тас пас нимес, кӱнге сағылып, чалтырабас, атхас ух нанмас, парған кізі айланмас!“»

«О, мин сағын килдім!» ағаа ниме чоохтапчатханын испин, хысхыра тӱскен Алиса. «Ол чир тамағы! Тӧӧй дее полбаза, ол олох чир-тамағы!»

«Мин ідӧк сағынчам,» теен Герцогиня. «Ӧӧн сағыс мындағ: „Кемге-де тӧӧй поларың килчетсе, олох чіли пол!“... алай ба олаңай сӧстернең чоохтаза... „Пасхалары сині андағ-мындаға саназалар дaa,син позың позыңны андаға хаҷан даа санаба, андада олар сині дее хайдағ поларға хынминчазың, андаға санабастар“.»

«Сынап Сірер чооғыңарны чаҷында пас салған ползар, арса, мин чахсы оңарып аларҷыхпын,» теен Алиса. «Сірер чоохтанчатсар, мин сағыстың тиреңін хаап полбин халчам.»

«Сынап мин чоохтирға иткен ползам, мин Сірерге уламох хыйға сағыстар чоохтирҷыхпын. Оларнаң тиңнестірзе, пу олаңай ла, оох-теек чоохтар,» улуғсырхап, нандырған Герцогиня.

«Сурынчам, артых тоғыс идіп, чоохтанғаннаң узун чоохтанмаңар,» теен Алиса.

«Пу тоғыс па хайди?» кӱлінібіскен Герцогиня. «Амға теере чоохтанған нимелерні прайзын мин Сірерге сыйлапчам.»

«Аарлығ нимес сыйых!» сағын салған Алиса. «Мындағ сыйыхтарны олар тӧреен кӱннерге сыйлапчатпазыннар паа». Че тастына сығара чоохтанарға тідінмин салған.

«Пазох сағынчабыс па?» Алисаның иңнін ээгінең хазап ала, сурыбысхан Герцогиня.

«Чарабас па мағаа сағынарға?» хатығ чоохтаныбысхан Алиса. Ағаа прай пу ниме чархастығ пілдірібіскен.

«Олох син, хай син сосхаларға учуғарға чарадылча,» теен Герцогиня. «Ӧӧн са...»

Мына мында Алиса таңнап таа парған, хынҷаң «сағыс» сӧзін читіре дее адаалахта, кинетін Герцогиняның ӱні чіт чӧрібіскен, Алисаны тутчатхан холы сірлес сыххан. Алиса, пазын кӧдірібізіп, кӧрзе, оларның алнында Хан Ипчі, холларын кӧксінде крести тут салып, уғаа хазыр кӧрімніг, хара пулут чіли, тур салтыр.

«Хайдағ чахсы кӱн пӱӱн, Сірернің Пӧзік Адыңар,» сірлесчеткен, хайың ӱннең пастабысхан полған Герцогиня.

«Мин сині халғанҷызын сизіндірчем!» орли тӱскен, азаанаң тепкленіп, Хан Ипчі. «Алай син чіде халарзың ма, алай пазың чіт парар ба? Пір-ікі! Таллап ал табырах!»

Герцогиня сах андох чіде халарын таллап алған.

«Аннаң андар ойнааң ма,» Хан Ипчі Алисазар айланған. Ӱрӱк парған Алиса, ниме дее нандырҷаан табынмин, Хан Ипчінің соонҷа крокет ойнаҷаң ачыхсар пастыр сыххан.

Пасха аалҷылар Хан Ипчі чох аразында сӧрӧн чирде тынанып одырчаттырлар. Че, аның килчеткенін кӧр салып, сах андох ачыхсар ӱкӱс салғаннар. Хан Ипчі оларға «Майыңнанзар, пас чох халарзар» тіп хысхыра тӱскен.

Ойын аразында Хан Ипчі ӱзігі чох кемнең не полза сарысчатхан паза «Мойнын ӱзе сабарға! Мойнын ӱзе сабарға!» тіп орлапчатхан. Андада чааҷылар, хаалхалар полчатханнарын тастап, ӧлімге чарғылаттырғаннарны, хаап, хыйа сӧӧртепчеткеннер. Андағ оңдайнаң тӱрчедең ачыхта пір дее хаалха халбаан, Хан Ипчінең, Ханнаң паза Алисанаң пасха прай ойынҷылар ӧлімнерін сахтапчатханнар.

Андада ла Хан Ипчі, улуғ тыныбызып, Алисанаң сурыбысхан: «Син Інек Азахтығ Таспағаны кӧргезің ме?»

«Чох,» нандырған Алиса. «Ол кем полчатханын пілбиндеечем.»

«Анынаң таспағалығ ӱтӱре пызырчалар,» чарытхан Хан Ипчі.

«Хаҷан даа көрбеем, испеем,» теен Алиса.

«Че, параң,» теен Хан Ипчі. «Ол сағаа позының чуртазынаңар чоохтап пирер.»

Алиса, Хан Ипчінең хада ачыхтаң парчадып, ис салған, хайди Хан өлім сахтапчатхан улусты позыдыбызарға чахыпчатхан.

«Че *чахсы*!»—сағын салған ол. Ол син чонның мойыннарын пір саңай ӱзе сабарға итчеткеннері ағаа хорғыстыг пілдірчеткен полған ноза.

Тӱрчедең олар кӱнге сістеніп узупчатхан Арсланхусты көр салғаннар. (Сынап сірер Арсланхус кем полчатханын пілбинчеткен ползар, пу хооста көріп алыңар). «Усхун, арғаас!» орли тӱскен Хан Ипчі. «Пу кічіг хызыҷахты Інек Азахтыг Таспағазар ӱдес сал. Ол, аны көріп, чоохтарын истіп алзын. Мағаа айланарға кирек. Мин анда өлімнерге чарғы-чахааннар пир салғам, сыныхтабызарға кирек.» Ол сöстернең ол Алисаны Арсланхустаң хада артыс салып, чöрібіскен. Пу Арсланхус теен ниме Алисаның кöңніне кірбеен. Анынаң хада халарға чочыныстыг полған, че Хан

Ипчінең дее хости поларға ниик полбаан. Аннаңар, кемнең дее хада полза, пасхазы чох полып, ол халған.

Арсланхус, турып, харахтарын чызыныбызып, Хан Ипчінің ырахта чіт чӧрібізерін сахтап алған, анаң таң позына ба, таң Алисаа ба «Хаңалчос!» тіп, ырсайыбысхан.

«Ноға *хаңалчос*?» сурыбысхан Алиса.

«*Ол* прай нимені позы сағын таап алча,» теен Арсланхус. «Мында хачан даа пірдеезін ӧдірбееннер. Параң!»

«Прайзы мында чахығлар ла пирчелер. Параң-параң!» сағынған Алиса, аның соонча парчадып. «Минің чуртазымда мағаа хачан даа мынча кӧп чахығлар пирбеен полғаннар!»

Оларға ырах таа парарға киліспеен, кӧрзелер, чалғыс Інек Азахтығ Таспаға хайада мӧңіс одырып одырча. Чағдап килгенде, Алиса ис салған, хайди ол, чӱрегі чарыларға ла итчеткен чіли, улуғ тынча. Айастығ даа пілдір парған. «Ноға ол іди улуғ тынча?» сурыбысхан ол Арсланхустаң. Анзы олох оңдайнаң нындыр пирген: «Ол прай нимені позы сағын таап алған. Аның пір дее пичел чоғыл. Параң!»

Інек Азахтығ Таспағазар чағын пас килгеннерінде, анзы оларзар, тапсабин, частан парған харахтарынаң кӧрібіскен.

«Пу кічичек хызычахтың,» теен Арсланхус: «синің чоохтарыңны истіп алары килче.»

«Мин ағаа прай ниме чоохтап пирем,» сала ла тынныг ӱннең тапсаан Інек Азахтығ Таспаға. «Одырыңар ікилеріңнең, мин чооғымны тоосханча, пір сӧс тее сығарбаңар.»

Олар одыр салғаннар, ниче-де тус сып-сымзырых полған. «Хайди ол тоозып алар, хачан пастап таа полбинча» сағын салған Алиса. Че ол сым одырып, тыстанып, сахтаан.

«Хачан-да—пурунда,» хайди полза, чооғын пастаан Інек Азахтығ Таспаға. «Хачан мин ӧӧн таспаға полғанымда…»

Анаң аар тыныбысхан. Пазох илееде сымзырых пол чӧрібіскен, хайзын Арсланхустың «Гыччхxи!» тіп хазыр апсырғаны паза Інек Азахтығ Таспағаның аар сӱркӱңнеені ле талабыс турғаннар. Алисаның турып алып: «Алғыстапчам Сірерні, сэр, хынығ чоох ӱчӱн» тіп, чоохтаныбызары килчеткен, че істінде чоохтың *узарааны* поларға ла кирек тіп ізенген, аннаңар, сым на одырып, сахтаан.

«Хачан піс кічичек полғабыс,» хайди полза, узаратхан чооғын Інек Азахтығ Таспаға, сӱркӱңнирін сала амырадып алып. «Піс талай школазынзар чӧргебіс. Кирі Таспаға ӱгретчібіс полған, піс аны Паға Сағал тіп солалачаңмыс.»

«Ноға сірер аны Паға Сағал тіҷеңзер, сынында ол паға сағал полбаан ноза.»

«Сағалда сағыс пар ноза!» тарыныбысхан Інек Азахтығ Таспаға. «Хайдағ сірер сизік чохсар!»

«Андағ алығ сурығлар пирерге уйадарҷыхсар!» хосхан Арсланхус. Анаң олар ікӧлең, тапсабин, Алисазар харахтап сыхханнар. Анзы оларның андағ ӧтіг кӧрізінең кірҷең чир табынминчатхан. Тӱрчедең Арсланхус Інек Азахтығ Таспағазар айланған: «Че, нанҷы! Пір орында ла тепкленме!» Інек Азахтығ Таспаға узарат сыххан:

«Йа, піс талай школазынзар чӧргебіс, Сірер мағаа киртінминчеткен дее поларзар…»

«Мин „киртінминчем“ тібеем!» ара кірізібіскен Алиса.

«Анаң ам на тібістер ноза!» теен Інек Азахтығ Таспаға.

«Сым полдах!» Алиса харысхалаххаох, хозыбысхан Арсланхус. Інек Азахтығ Таспаға, тізең, узаратхан:

«Піске уғаа чахсы пiліс пиргеннер! Піс кӱннің сай школаа чӧрҷеңміс!»

«*Мин* дее школаа чӧрчем,» теен Алиса. «Анзынаң поғдархирға кирек тее чоғыл.»

«Сірернің хоза предметтер пар ба?» ӱрӱк парған чіли, сурыбысхан Інек Азахтығ Таспаға.

«Йа,» нандырған Алиса. «Піс француз тілін паза музыканы ӱгренчебіс.»

«Кӱннің сай чи ваннада суға соомчазар ба?» чӱрексеен чіли, сурған Інек Азахтығ Таспаға.

«Чох!» ідіргектен сыххан Алиса.

«Андағда сірернің школа андағ ла чахсы полбаандыр,» амырап парған Інек Азахтығ Таспаға. «*Пістің* школадаңар чарлағда пазылых полған: „Хоза ӱгредіг: француз тілі, музыка паза кӱннің сай *ваннада суға сомары*“.»

«Че сірерге чи анзы кирек пе?» сурыбысхан Алиса. «Талай тӱбінде…»

«Минің аны ӱгренер оңдай чох полған,» улуғ тыныбысхан Інек Азахтығ Таспаға. «Мин өөн ӱгредігні ле алғам.»

«Андар чи ниме кірген?» чапсырхаан Алиса.

«Пазахтас паза Хығдырас,» нандырған Інек Азахтығ Таспаға. «Анаң сан санирының тӧрт пастаа: Хастирі, Хостирі, Ӱлгӱлирі, Алғирі.»

«Мин „Хастірінеңер" хаҷан даа испеем,» тирге тідінібіскен Алиса. «Ниме полҷаң ол андағ?»

Арсланхус ӱрӱкенінең тура хон килген. «Син хастирінеңер хаҷан даа испеезің ме?» хысхыра тӱскен ол. «Че хатирға чи пілчезің ме?»

«Йа,» хайди-да киртіс чох нандырған Алиса.

«Андағда "хастирі" паза хатирі" сӧстер нименең пасхалалчатханын даа оңарбинчатсаң, син аңзаа полтырзың!» чарлабысхан Арсланхус.

Аның сӧстеріне нандырарға тідінмин, Алиса Інек Азахтығ Таспағазар айланған: «Сірер паза ниме ӱгренгезер?»

«Талайыс,» нандырған Інек Азахтығ Таспаға, алны ласталарындағы айғахтарын санап ала. «Тирең Талайысты паза Тайыс Талайысты, Тиңісологияны. Паза Сарнахтасты. Сарнахтастың ӱгретчізі кирі Узун хурт полған. Ол, неделяда пір хатап киліп, піске Сарнахтас, Салғахтас, Салбахтас уроктарын пирчең.»

«*Нимее* ол тӧӧйдір?» сурыбысхан Алиса.

«Мин позым анзын кӧзіт полбаспын,» теен Інек Азахтығ Таспаға. «Мин най ла симіспін. Арсланхус, тізең, аны ӱгренмеен.»

«Мағаа маң чох полған,» теен Арсланхус. «Мин тіллерні ӱгренгем. Пістің ӱгретчібіс най киир Краб полған.»

«Мағаа аның ӱгренҷізі поларға киліспеен,» аар тыныбысхан Інек Азахтығ Таспаға. «Аны Тадал паза Хазал тіллеріне ӱгретче тіп чоохтасчаңар.»

«Йа, ӱгреткен,» ідӧк аар тыныбысхан Арсланхус. «Аны Салчыхталды даа пілче тіп чоохтар полғанох.» Анаң олар ікілерінең чӱстерін алны азахтарынзар сал салғаннар.

«Кӱнде сірернің нинҷелер урок полҷаң?» табыраанҷа чоохты алыстырыбызарға маңзыраан Алиса.

«Пастағы кӱнде—он,» теен Інек Азахтығ Таспаға, «ікінҷі кӱнінде—тоғыс, ӱзінҷі кӱнде—сигіс, паза аннаң андар—ідӧк.»

«Хайдағ кӱлкістіг расписание!» хысхыра тӱскен Алиса.

«Пастап кӧп ӱгрензең, соонаң асхынах ирееленерзің,» сизіндірген Арсланхус.

Пу сағыс Алисаа наа пілдірген, аннаңар ол чоохтанар алнында кӧмес сағынып алған: «Іди полза, он пірінҷі кӱнінде сірернің уроктар чох полған полар, йа?»

«Йа, андағ,» нандырған Інек Азахтығ Таспаға.

«Он ікінҷі кӱнінде, чізе, сірернің ниме пол турған?» чапсырхаан Алиса.

«Уроктарданаңар чидер чоохтазарға,» ара кірізібіскен Арсланхус, «хайди піс ойнаҷаңмыс, аннаңар чоохтап пирдек ағаа.»

Чардых X

Талайның Плесет Салғаны

Інек Азахтығ Таспаға, аар тыныбызып, ластазынаң хараан чысхлабысхан. Ол, Алисазар көріп, чоохтанарға иткен, че аның сöстері ачығ сӱркӱңнесте пат пар турғаннар. «Тамағында сöөк ле тур парған осхас,» тіп ала, Арсланхус, аны сілігіп, учазынаң матап тоор пар килген. Аның соонаң Інек Азахтығ Таспаға пазох чоохтанар оңдайлығ пол парған. Аның наахтарынҷа харах частары ахчатханнар, че ол чооғын узаратхан:

«Сірерге суғ алтында ӱр чуртирға киліспеен, нееке…» («Чох, киліспеен,» теен Алиса.) «… Сірерге ідöк пір дее омарнаң учуразарға киліспеен полар…» («Пірсінде киліскен…» тіп чоохтан паритчадып, Алиса, тузында хабынып, тібіскен: «Чох, хаҷан даа!») «… аннаңар Сірер салиҷек тее пілбинчезер, нееке, хайдағ хандыра плесет полча „Омарах“.»

«Андағ чізе,» теен Алиса. «Хайдағ андағ плесет полҷаң?»

«Пастап сірер чар хастади изерістіре турыбысчазар,» теен Арсланхус.

«Ікі дее изеріс!» хысхыра тӱскен Інек Азахтығ Таспаға. «Тюленьнер, таспағалар, хооралар паза оларның даа пасхалары. Хачан прай медузаларны чолдаң хыйа тастабыссар…»

«*Оларнаң* за ӱр чубанарға килісче,» чоох аразына кіріскен Арсланхус.

«…сірер алнынзар ікі хаалағ итчезер!…»

«Омарахтарыңнаң хада!» тың иде чоохтаныбысхан Арсланхус.

«Йа, йа!» хысхыра тӱскен Інек Азахтығ Таспаға. «Алнынзар ікі хаалағ итчезер, анаң айлахтан пар килчезер!…»

«…плесет салчатхан арғызыңны алыстырчазың, сах ідӧк айлан килчезің!» хозылча Арсланхус.

«Анаң,» узаратхан Інек Азахтығ Таспаға, «сірер тастапчазар…»

«Омарахтарны!» ӧӧр сегіріп, хысхырған Арсланхус.

«…ырах иде талайзар!…»

«Оларның соонча чӱсчезің!» сиихтап сыххан Арсланхус.

«Суғда тохар азыбыстың!» орнында чоо атығастап, хысхыра тӱскен Інек Азахтығ Таспаға.

«Пазох арғызыңны алыстырчазың!» орлап сыххан Арсланхус.

«Анаң чарзар айлан килчезің. Плесет саларының пастағы чардығы тоозылча,» кинетін не тітіреп сыххан ӱннең тоос салған Інек Азахтығ Таспаға. Анаң ам на хайдадар сегірестепчедіп, пу ікӧлең, Алисадаң харах албин, амыр паза мӧңіс ле одыр салғаннар.

«Хыныг плесет полар, неке,» чалтаныып ала, теен Алиса.

«Кӧріп аларчыхсар ба?»

«Чарирчых,» теен Алиса.

«Че пастағы чардыхты плесет сал кöреңдек,» теен Арсланхусха Інек Азахтығ Таспаға. «Сынап таспағалығ ӱтӱрені таспағанаң нимес, че пызо азахтарынаң тігерге чарадылчатса, ноға „Омарахты“ омарлар даа чох плесет салбас. Кем сарнир?»

«Син сарна,» теен Арсланхус. «Мин сöстерін ундут салтырбын.»

Анаң олар Алисаны ибіре, алны азахтарынаң тиңе сапханып, пірде чағынап киліп, аның азахтарын пасхлап ала, айлахтан сыхханнар. Інек Азахтығ Таспаға, сöö тартып ала, хомзыныстығ ырлап сыххан:—

«„Аарлииуаам, табырах арах!“ хоораа теен пӱдӱре.
„Чылба чағдап одыр, хысти пазар хузуриимны амох.
Таспағаларнаң омарлар маңзырааннар пісті кӧре,
Амды сахтапчалар сайда, плесет саларға пазох.
Парарзар ни піснең хада плесет саларға?
Парарзар ни піснең хада плесет саларға?

„Пілчезер бе, хайдағ морсымнығ сірерні тастаза,
Ырах иде хазыр салғахтығ талайзар, айабин!“
„Най ырах,“ сыбыранча чылба. „Соонаң хауан-полза.
Ах, алғыс ползын. Че сірернең хада мин
Плесет саларға парбаспын, хынминчам.
Плесет саларға парбаспын, хынминчам.“

Арғызы нандырча „Пасхазы пар ба, чағын полбаза,“
„Талайларның чағын на нимес, ырах таа чарлары пар.
Француз чары хости, Англия чары ырах таа полза,
Тиспеңер, сурынчам, піснең хада плесет салыңар.
Парарзар ни піснең хада плесет саларға?
Парарзар ни піснең хада плесет саларға?“»

«Алғыстапчам, уғаа хынығ плесет салчаттырзар,» теен Алиса, оларның тоос салғаннарына ӧрініп. «Пӱдӱредеңер дее сарын уғаа чапсых, минің кӧңніме кірді.»

«Пӱдӱрелерденер чоохтаза чи,» теен Інек Азахтығ Таспаға. «Сірер оларны кӧрген поларзар, йа?»

«Йа,» теен Алиса, «удаа кӧрчем, чіпчем оларны…» анаң, артых чоохтаныбысханын хабынып, сым пол чӧрібіскен.

«Сынап оларны удаа кӧрчеткен ползаңар, оларның кӧрімге хайдағ полчатханнарын пілче поларзар,» теен Інек Азахтығ Таспаға.

«Андағ даа полар,» кӧмес сағысха тӱзіп, нандырған Алиса. «Пӱдӱрелер хузурухтарын ахсыларында тутчалар паза тастар аразында підірепчелер.»

«Олар *сынап таа* хузурухтарын ахсыларында тутчалар. Анзының сылтаа мындағ...» Інек Азахтығ Таспаға, изебізіп, харахтарын нуубысхан. «Позың хабарлап пир ағаа, хайдағ сылтағнаң олар іди полчатханнарын паза аннаң даа пасхазын,» теен ол Арсланхусха.

«Сылтағ мындағ,» теен Арсланхус. «Чылба *сынында* аның хузуриин хысти пазыбысхан. Ағыриина сыдаспин, ол хузуриин ахсына суғыбысхан. Амды ол, паза пірдеезі хузуриин хысти паспазын тіп, хачан даа ахсында тутча. Сынап андағ чізе.»

«Алғыс ползын,» теен Алиса. «Уғаа чапсых.»

«Палыхтар noғa іди адалчалар пілчезің ме? Чылба чылбырама тастар аразынча чыл чӧрче. Сортан, тізең, сосханахха кӧӧгіп, тілін не сорып ала, сорхлапча, аның соонча сағлығ сағлаахтар сағырланминаң сағылысчалар.» теен Арсланхус.

«Мин аннаңар сағынмаан полғам,» тапсаан Алиса.

«Сынап истерің килзе, хай пірее ниме чоохтабох пирем,» теен Арсланхус. «Кӧзідімге, син пілчезің ме, ноға хоора соона халған?»

«Ноға?» сурған Алиса.

«Хооралар хоорған хоохтарны чирге полып, хоол чар хоостыра хоосхаларны хооп чӧрчелер. Тіпчелер ноза: „*Сірер хооралардар, аннаңар соонда ла хооп чӧрчезер*“. Полған на палығас аны пілче,» чарытхан Арсланхус.

«Мин пӱдӱре полған ползам,» теен Алиса, сарынны сағысха киріп, «піди тирчікпін хоораа: „Хыйа турыңардах, піске харығ полбаңар“.»

«Ол іди тіп полбасчых,» ӱнненген Інек Азахтығ Таспаға. «Ол уғаа узун хоора полған. Талайда полған на узун пыдыртпах палыхтың соонда хачан даа пӱдӱре підіреп чӧрче. Ол чох полчаа чоғыл!»

«Нӧӧс андағ?» таңнап парған Алиса.

«Йа,» теен Інек Азахтығ Таспаға. «Андағ сӱргінҷі палыхтар талайда сӱрееліг, хайзы сӱгенге дее кіредір, хайзы сӱмненіп піледір, хайзы ӱзӱт чіли чӱс чӧредір, че хайзы кӱнсӱре сӱрееленедір. Сынап андағлар *минзер* чағын чӱс килзелер, мин сӱнзӱлепчем: „Хайдағ ӱлӱкӱнге сӱс паризың, ӱлгӱліг сӱреес сӱргінҷі".»

«Мин сағынғанда, мында пӱдӱре дее чох прай ниме оңарылыстығ. Пілбеске—муң чоох, пілерге—пір чоох. Сірер чи хайди кӧрчезер?»

«Мин ниме сағынғам, аны ла чоохтап пирдім,» пурдайыбысхан Інек Азахтығ Таспаға. Арсланхус хосхан: «Амды син *позыңның* киректеріңнеңер чоохтап пирдек, хайди син мында пол парғазың?»

«Мин сірерге позымнаңар пӱӱнгі иртеннең сығара хабарлап пирем,» сала туртуғып ала, пастаан Алиса. «Киҷеегізіңер чоохтабаза даа чарир, мин киҷее пасха полғам ноза.»

«Прай чарыда чоохтап пирдек,» теен Інек Азахтығ Таспаға.

«Чох, чох,» сала маңзыри ара кірізібіскен Арсланхус. «Прай чоохтаза, кӧп тус парыбызар. Пастап искір пир піске, ниме пол парған синінең.»

Алиса Ах Кроликті кӧр салғаннаң пасти, анынаң ниме полғанынаңар чоохтап сыххан. Хаҷан пу нимелер, харахтары чалтызарып, андар чағын чылып алып, ахсыларын *най* чоон иде азын салғаннарында, ол кӧмес туртух парған. Анаң кӧместең анзына хайығ айландырбиныбысхан. Олар, пір дее тапсабин, сым одырып искеннер. Че хаҷан ол Харыстаасха „*Сірернің чазыңарда, пабаң*" кибелісті саңай пасха сӧстернең чоохтаан орынға читіре чоохтап килгенде, Інек Азахтығ Таспаға, улуғ тыныбызып, тапсабысхан: «Уғаа пасхаҷыл.»

«Ізе, хайдадар пасхаҷыл,» теен Арсланхус.

«Саңай пасха сӧстернең,» сағысха тӱзіп, Алисаның сӧстерін хатабысхан Інек Азахтығ Таспаға. «Мин аның кибелістер хығырчатханын, хынып, истерҷікпін. Хайдағ даа кибелістер ползын, пасхазы чоғыл. Чоохтадах ағаа, піреені хығыр пирзін,» айланған ол Арсланхуссар, анзы Алисаа чарғы-чахаан пир полчатхан чіли.

«Тур, „*Исчем, хайди аргаас пулбыранча…*“ кибелісті хығыр пирдек,» теен Арсланхус.

«Хайди олар мында чахығлар пирерге хынчалар!» сағын салған Алиса. «Школадағы ла чіли». Че, турып алып, хығыр сыххан. Ноға-да аның сағызында омарлар ла полған, аннаңар ниме дее чоохтанчатханын чахсы оңарбаан. Хайдағ-да хара пасхаҷыл кибеліс пол парған.

«Исчем, хайди омар, хабырғали чада, пулбырапча:
„Эй! Сахар тооладыбызыңардах! Ізіге пыс пардым матап!“
Ол іди, узун тумзухтығ кирі ӧртек чіли, тапсапча,
Носкилерін хазыра тартып, чалбах ілбіктерін арығлап.
Хазыр салбыхтар амыраанда, сай хурупча,
Ол, сарнап, плесет салча, акулаларнаң хорыхпинча.
Че, талай кӧдірілзе, акулалар пазох айланызар,
Андада, кӧрерзер, омарлар чадап ла ӱн сығарар.»

«*Мин* кічігде ӱтренгенге пір дее тӧӧй нимес,» теен Арсланхус.

«*Мин* мындағ кибелісті хаҷан даа испеем,» теен Інек Азахтығ Таспаға. «Оорли ла ниме полтыр!»

Алиса, сырайын айаларынаң чабызып, сым одырған. «Нӧӧс прай ниме паза *хаҷан даа—хаҷан даа*, мының алнындағы осхас полбас!»

«Піреезі пу полчатхан нимені чарыт полар ба,» теен Інек Азахтығ Таспаға.

«Ол чарыт полбас,» сала маңзыри ара кірізібіскен Арсланхус. «Аннаң андар хығыр.»

«Носкиҷектерденер дее,» хысхан Інек Азахтығ Таспаға. «*Хайди* ол аны хазырып алған?»

«Ол соон азахтарына турып алған,» теен Алиса. Хайди полҷаан даа пілінмин, ол чоохты алыстырыбызарға хынған.

«Хығырыңар аннаң андар,» хатап сурынған Арсланхус. «Ікінҷі чардығын. Ол *„Сад ӧс парған хойығ паза пӧзік хый отнаң…“* тіп пасталча».

Алиса, пазох саңай пасха сӧстер сығарын пілзе дее, харыспин, тітіресчеткен ӱннең пастабысхан:—

«Сад öс парған хойығ паза пöзік хый отнаң.
Анда Парс нымырханы ÿлесче Тасханаң.
Кічіг ле кизегес Парстың ахсына кірер,
Че чинуіл Тасха халғанын прай чібізер.
Пу чиисте Тасхауах аргысха оң полды,
Ол сыйыхтатты алтын самнахнаң.
Парс, пычах хаап, пу киректі тохтатты,
Халған нымырхазын чібіскен анаң…»

«Ноо *киректір* оорли ла нимелерні хатап-хатап чоохтирға, сынап Сірер оларны чарыт полбинчатсар?» кизе сапхан Інек Азахтығ Таспаға. «Мин амға теере мындағ алазаан ниме испеен полғам.»

«Мин сағынғанда, тоос салар кирек,» теен Арсланхус. Алиса анынаң öрініснең чарас салған.

«„Омарахтың“ пазох пір чардығын плесет саларбыс, арса?» теен Арсланхус. «Алай ба аның пірее сарынын истерің килче бе синің?»

«Чарир полза, ырлап таа пирзін,» Алисаның іди сала маңзыри тібіскеніне Арсланхус тарыныбысхан осхас пілдірген. Ол пулбыраныбысхан: «Ниме полза, ол ползын. „*Чарба ÿгÿрені*“ ырлап пирдек ағаа, наңчы.»

Інек Азахтығ Таспаға, аар тыныбызып, сÿркÿңнеп ала, ырлап сыххан:—

«Чоон хазанға толдыра чарба ÿгÿре!
Пістің хауаннаң хынуаң чиизібіс!
Сööктіг иттер табахха ÿÿлдіре,
Аны салдап, тооза чіп кöрибіс.
Хандыра ÿгÿре—пистің ÿгÿребіс!
Адам даа хандыра чиис!
Адам даа хандыра чиис!
Чағын киліп, амзап таа кöріңер!
Чоон, килкім иттіг чарба ÿгÿре!

Алтын пайрамға чыылысча аалҷылар
Прайзына чидер чарбалығ ӱгӱре.
Чалахай суулаза, стол кистінде олар
Чиирге чидікпин, хазанзар кӧре,
Айах-самнахтарынаң хоғдырасчалар.
Адам даа хандыра чиис!
Адам даа хандыра чиис!
Иң не артых тамах ӧбекелерібістің!
Хандыра ӱгӱре—БІС ПІСТІҢ!»

«Пазох хатап!» хысхыра тӱскен Арсланхус. Інек Азахтығ Таспаға хатап сарнапчатханда, ырахта кем-де хыйғы салыбысхан: «Прайзы—чарғыға!»

«Парааң!» тіп, Алисаны холынаң хаап алып, сарынны читіре дее испин, Арсланхус хайдар-да чӱгӱр сыххан.

«Хайдағ чарғы?» чӱгӱрісте чадап ла чоохтанып алған Алиса, че Арсланхус: «Парааң!» на тіп уламох табырах ӱкӱс салған. Сооларында, тізең, талай чикпегінде абыдылып, ырахтаң ырах ла халып одырғаннар хомзыныстығ сӧстер:—

«Хандыра ӱгӱ—ӱ—ӱре!
Ӱгӱребіс пістің!»

Чардых XI

Тадылығ Халазахтарны Кем Оғырлаан?

Хачан олар чит килгеннерінде, Червон Хан паза Червон Хан Ипчі постарының пөзік орыннарында одырчатханнар, оларны ибіре пар-чох улус чыылыс партыр: мында аймах ла полза хусхачахтар, аңычахтар паза карт колодазы полған. Червон Ханның паза Червон Хан Ипчінің алнында ілчірбелернең сулғалған Валет турчатхан, аның ікі саринда—хазыр хадағчылар. Ханның оң саринда Ах Кролик чіке тур салтыр. Аның пір холында—чоон сығыртос, паза пірсінде—тегілекти ораалых чачын полғаннар. Залдың ортызында стол турған, хайда аймах тадылығ халазахтар іди ле полғаннар. Алисаның, оларзар көріп ле, сілегейлері ах турған. «Табыраанча пу чарғы тоозыл парып, іске пу халазахтарны пирерчіктер,» сағынған Алиса. Че чарғы табырах тоозыларға тööй полбаан, аннаңар Алиса, итчең ниме чохта, ибiре-сибiре харахсынып турған.

Алиса мының алнында хаҷан даа чарғылар иртчеткен залда полбаан, че аның iстiнде нимелер хайди турғызылых полчатханынаңар ол кинделерде хығырған полған, аннаңар амды, аның öрiнiзiне, ибiркiзi ағаа прай таныс пiлдiрчеткен. «Чарғыҷы париктiг поларға кирек,» сағын салған ол. «Тiгiзi полтыр.»

Чоохтирға кирек, чарғыҷы Хан полған. Аның сибiрек паригiнiң ӱстӱнде пöзiк корона одырған (сынында хайдағ полғанын пiлерге хынзар, фронтисписте кöрiп алыңар). Ағаа iди одырарға уғаа изi чох полған, неке, кöрерге дее чахсы ла полбаан.

«Тiгiне—присяжнайларның одырҷыхтары,» сағынған Алиса. «Тiгi нимеҷектер, тiзең, (ағаа iди кiчиҷек аңыҷахтарны паза хусхаҷахтарны адирға килiскен)—хай син мин оңарчам, присяжнайлар коллегиязының члennерi поларлар, неке». Халғанҷы сöстернi ол iстiнде поғдархаснаң хатап-хатап адаан. Ол санаан—сынында андағ полған—аның чазында хай пiрее ле хызыҷахтар пiлгеннер пу сöстернiң ниме таныхтапчатханын. Ол сöстернi «присяжнай» сöске дее читi хысхарадыбысса чiзе.

Присяжнайлар коллегиязының он iкi членi чардыда, уғаа ситкiп, грифельнең ниме-де пасчатханнар. «Олар ниме пасчалар?» Арсланхуснаң сыбыхтанып сурыбысхан Алиса. «Чарғы пасталғалахта, пасчаң даа ниме чоғыл нiзе.»

«Олар постарының аттарын пасчалар,» сыбыхтабох нандырған Арсланхус. «Чарғы тузында ундут таа саларға айабастар.»

«Хайдағ аңзаалар!» позы даа пiлiнмин халып, тың иде чоохтаныбысхан Алиса, че Хан, очкизiн кизiп алып, кем тапсады тiп, кöрглепчеткенде, сах андох сым пол парған. Ах Кролик сах андох хысхыра тӱскен: «Сым полыңар!»

Алиса, присяжнайлардаң ырах арах таа полған полза, оларның кистілерінде ле турчатхан чіли, чарых кӧрген, хайди олар чардыларында «Хайдағ аңзаалар» тіп пасчатханнар. Ағаа хоза, ол сизін салған, хайди оларның пірсі, пу сӧстернің хайди пазылчатханын пілбин, хонҷығынаң сурчатхан. «Чарғы тоозылар тусха пічіктерін хайди ла путхап саларлар ни!» сағын салған ол.

Коллегия членнерінің пірсінің грифелы хайдадар хыыхтапчатханы Алисаа исчее чох иде чархастығ полыбысхан. Ол, чағын пас киліп, оңдай киліскенде, кинетін не грифельні суура тартып алған. Хайран килескі Кичемей (ол полған) грифелы хайдар чіт чӧрібікенін сизінерге дее маңнанмаан. Ол чідігін ӱр паза тикке ле тілеен. Аның, чыылығ тоозылғанҷа, салаанаң пасханы пір дее туза ағылбаан: салаа чардыда істер артыспинча ноза.

«Хыйғыҷы, хайдағ пыролағ иділчеткенін хығыр пир!» теен Хан.

Ах Кролик ӱс хатап сығыртоснаң ӱбӱрібізіп, чаҷынын чаза тартып, хығырған:—

«Ханға Хан Ипчі тадылыг
Пызыр пирген халазахтар.
Валет харах сығыныбысхан—
Чох пол парган халазахтар!»

«Сірернің чарадииңар?» присяжнайларзар айланған Хан.

«Тохтаңар, тохтаңар!» сала маңзыри ара кірізібіскен Кролик. «Чарадығ сығарарға ам даа ирте.»

«Пастағы киречі хайда?» сурған Хан. Ах Кролик, пазох ӱс хатап сығыртоснаң ӱбӱрібізіп, чарлаан: «Пастағы киречі!»

Пу киректе пастағы киречі Пӧрікчі полтыр. Ол, пір холында чейліг чірче, пірсінде хайахтығ халас тудына, кір килген. «Сірернің Пӧзік Адыңар,» пастаан ол, «холларым пос нимес ӱчӱн пыросынчам, чеймні читіре іскелеккеӧк мині хығыртыбыстылар…»

«Син мынҷағы чей ізіп тоозар кирек полғазың. Хаҷан ізіп пастаазың?» ӱзібіскен аның чооғын Хан.

Пӧрікчі Хозанзар кӧрібіскен, анзы Тарбағанны чарғызар холтыхтап ағылтыр. «*Минің* санаанымнаң, он тӧрт мартта,» теен ол.

«Он писте…» теен Хозан.

«Он алтыда,» ара кірібіскен Тарбаған.

«Мыны пас саларға кирек,» присяжнайларға теен Хан, олары сах андох ӱс саны ӱзінең пас салғаннар, хозыбысханнар, шиллингтерге паза пенстерге айландырыбысханнар.

«Пӧрігіңні суурдах!» чахаан Хан Пӧрікчее.

«Ол мини нимес!» нандырған Пӧрікчі.

«*Огырлап алган*!» аахти тӱскен Хан, присяжнайларзар айланып, хайзылары сах андох ол сӧстерні пас салғаннар.

«Чох, садыға тутчам,» чарытхан Пӧрікчі. «Мин оларны садарға итчем, че позымни чоғыл. Мин—пӧрікчібін.»

Аны истіп, Хан Ипчі очкизін кизібіскен. Аның ӧтіг кӧрізіне сыдаспин, Пӧрікчі, хазарта тарт парып, пір орында азахтаң азахха пасхлан турыбысхан.

«Чоохта аннаң андар,» теен Хан. «Хойралба. Іди полбаза, амох пуох орында пас чох халарзың.»

Пу сöстер киречіні тың на чочытханға тööй полбаан. Ол ідöк ле, Хан Ипчізер сала чалтана пахлап ала, пір орында пасхлан турған. Анаң пілінмин халып, хайахтығ халас орнына чірчезін оода ызырыбысхан.

Ол туста Алиса позынаң хайдағ-да пасхаҷыл ниме полчатханын сис салған, тӱрче сағына тӱзіп, ол полчатхан киректі оңар салған. Йа, ол пазох öс сыхтыр. Пастап аның, турып алып, залдаң сығыбызары килген. Че анаң пуох орында, хай син ол читкенҷе, халарға чарат салған.

«Мині іди хыспаңардах,» теен анынаң хости одырчатхан Тарбаған. «Мин чадап ла тынчам.»

«Хайди идерзің—öсчем,» амыр ӱннең нандырған Алиса.

«Сірерге *мында* öзерге чарабас,» теен Тарбаған.

«Оорли ла чоохтанмаңар,» махачыланыбысхан Алиса. «Сірер дее öсчезер, постарың анзын чахсы пілчезер.»

«*Мин* öсчем іди, хайди кирек. Че, Сірер чіли, іди табырах öзерге чахсы ла нимес,» тібізіп, тарын парған Тарбаған, тура хонып, залның пасха саринзар пастыра халған.

Хан Ипчі, харахтарын Пöрікчідең хыйа албин, присяжнайларның пірсінең сурған: «Халғанҷы концертте кем сарнаан? Мағаа списокты пирдек.» Аны исте ле, Пöрікчінің, хорығып халтыраанынаң, öдіктері дее суурын чöрібіскен.

«Чоохта, чоохта,» хыртыстана теен Хан. «Хойрал-хойралба—олох öдір салам.»

«Сірернің Пöзік Адыңар, мин кічиҷек кізібін,» сірлесчеткен сӱрдестіг ӱннең пастабысхан Пöрікчі. «Мин чей iзерге одырғаннаң пеер пiр неделя даа иртпеен полар. Хайахтығ хара халас халбиныбысханда, мин хара чейiм чейлебеем дее… мин… мин…»

«Син хара халас ла чiбеезiң, iдöк хара чей матап iскезiң,» кизе-тоғыр сапхан Хан. «Мин алығ нимеспiн, оңарчам. Аннаң андар!»

«Мин кiчиҷек, пырозы чох кiзiбiн,» узаратхан Пöрiкчi. «Мин хара халасты пiр харыс таа харныма сухпаам. Харным тоозып, хараам хызарбаан. Че Хозан теен…»

«Мин тiбеем,» сала маңзыри тапсабысхан Хозан.

«Чох, теен,» хатаан Пöрiкчi.

«Мин чараспинчам!» амырабаан Хозан.

«Ол чараспинча,» теен Хан. «Сии тартыбызыңар.»

«Ол полбаза, Тарбаған теен полар.» Пöрiкчi, чочынысаң Тарбағанзар кöрiбiскен, анзы iдöк кизе-тоғыр саап сыхпазын тiп. Че Тарбаған сым на полған—ол узупчатхан.

«Анаң мин,» узаратхан Пöрiкчi. «Халасха хайах сÿрткелеп салғам.»

«Тарбаған чи ниме теен?» сурыбысхан присяжнайларның пiрсi.

«Оңнабинчам,» теен Пöрiкчi.

«*Сағамох* сағысха кир, iди полбаза, пас чох халарзың,» чарлаан Хан.

Хайран Пöрiкчi, хайахтығ халазын паза чiрчезiн холларынаң позыдыбызып, тiзекке тÿс парған: «Мин часка чох, кiчиҷек кiзiбiн, Сiрернiң Пöзiк Адыңар…»

«Часказы чох нимес, а *чылхазы чох*. Кiзi нимес, а *хыңзаачы*,» теен Хан.

Ол сöстернi исте ле айа саап сыххан талай сосхаҷағын чарғы ÿлгÿлерi сах андох чабыра пазыбысханнар («чабыра пазыбысханнар» сöстер пiрiгiзi ниме таныхтапчатханын чарыт пирим: олар аны киден хапсар пазынаң тöбiн кире тастабызып, палғап салып, ÿстÿне одыр салғаннар).

«Амды, хайди полза, мин кирек хайди иділчеткенін көріп алдым,» сағынған Алиса. «Газеталарда ла хығырҷаң полғам, хайди чарғыларданар пасчалар: „Амыр сайбағҷылары̆н ӱлгӱлер сах андох чабыра пазыбысханнар“. Сынында хайди іди итчеткеннері мағаа амға теере пілдістіг нимес полған».

«Прай артых нимелерні хаҷан тӱзірерге кирек тіпчезің,» теен Хан.

«Минің пір дее артых ниме чоғыл. Ниме тӱзірерге,» туртух парған Пӧрікчі.

«Ана за! Пір дее тӱзірчең нимең чоғыл тіпчезің, позың харахтарыңны тӱзірчезің,» теен Хан.

Мында пасха талай сосхаҷағы, айа саапчадып, ідӧк чабыра пастырыбысхан.

«Талай сосхаҷахтарын тоос салды осхастар. Амды кирек парар!» сағын салған Алиса.

«Мағаа, парып, аннаң андар чей ізерге чарир ба?» списокты хығырчатхан Хан Ипчізер чалтана көріп ала, теен Пӧрікчі.

«Сӱстір!» теен Хан. Пӧрікчі, ӧдіктерін дее кизерге ундут салып, ізіксер чылбыри салған.

«…тасхар аның пазын ӱзе сабызыңар!» соонҷа хысхыра тӱскен Хан Ипчі, че пірдеезі хыймыранарға даа маңнанмаан, хайди Пӧрікчі харахтаң чіт чӧрібіскен.

«Пазағы киречіні ағылыңар!» теен Хан.

Пазағы киречі Герцогиняның сӱмекчізі полтыр. Ол перец хада ағыл килтір. Хаҷан ізік хыринда прайзы апсыр сыхханнарындох, Алиса кем килгенін сизін салған.

«Чоохта,» теен Хан.

«Чох,» теен сӱмекчін.

Хан, піл полбин, Ах Кроликсер көрібіскен. Анзы сыбыхтабысхан: «Сірернің Пӧзік Адыңар, *пу* киречіге крестіг сурастырығ идерге килізер.»

«Хайди идер зе, килізер,» Хан, улуғ тыныбызып, холларын көксінде крести тудыбызып, кӧміскелерін, харахтары кічиҷек полғанҷа чыыра тартып, хатығ ӱннең сурған: «Тадылығ халастарны хайди итчелер?»

«Перец алчалар,» теен сӱмекчін.

«Анаң тадылығ суғ,» ол туста аның кистінде кемнің-де уйғудағы харых тартханы истіле тӱскен.»

«Хабыңар ніткезінең Тарбағанны!» харли тӱскен Хан Ипчі. «Мойнын ӱзе сабыңар! Сығара тастаңар! Сағамох! Чабыра пазыңар! Сағалларын чулыңар!»

Суум-саам аразында Тарбағанны сығара сӱрібіскеннер, че хаҷан, амырап парғанда, хабынзалар, сӱмекчін чіде халтыр.

«Саңай даа! Пасхазы чоғыл!» пол парған кирекке чӧпсініп, теен Хан. «Пазағы киречіні!» Анаң Хан Ипчее сыбыхтабысхан: «Минің аарлииҷаам, пазағы киречіге крестіг сурастырығны Сірер *постарың* идер кирексер. Минің пазым тыыстал сыхты.»

Алиса, Ах Кроликтің чаҷынны хазырчатханын, чапсырхап ала кӧре, сағынчатхан: «Кем полҷаң пазағы киречі? Итсе *амға теере* олар кӧп ле чарыдығ чып полбадылар». Че хайди ол хайхап парған, хаҷан Ах Кролик ӧтіг ӱніҷеегінең сиихтабысхан: «Алиса!»

Чардых XII

Алисаның Полған Киректерні Іле Сығарғаны

«Мында!» хысхырбинаң, Алиса сығара хон килген. Пу халғанчы пағаттар аразына хай син öс парғанын ол саңай ундут салтыр. Кöгенегінің идее тееп парып, присяжнайларның одырчыхтары тохар асхлап парғаннар, присяжнайлар постары, тізең, мында одырчатхан улустың ӱстӱлерінзер учухханнар. Пір неделя мының алнында, ол, аквариумны аңдар салғанда, алтын палығастар сах піди кил тӱскеннер.

«Йо, *пыром тастаңар*!» присяжнайларны сала маңзыра турғысхлап ала, ачырғастығ хысхырыбысхан ол. Алтын палығастар аның пазынаң сыхпинчатханнар, аннаңар ағаа, пу присяжнайларны табыраанча орыннарынзар одыртхлап салбаза, öл парарлар чіли пілдіргеннер.

«Присяжнайлар хайди кирек одыр салбааннарында,» Алисазар хазыр кӧріп, хатығ чоохтанған Хан, «чарғы парбас.»

Алиса одырчыхтарзар пазох харахсыныбысхан; кӧрзе, Кичемей килескіні маңзытта тохар сух салтыр, парасханах, айлан полбин, хузуриинаң на пулғастырчатхан. Ол табыраанча, аны хаап алып, орта одырт салған. «Хайди дее одыртса, *пасхазы пар ба*,» сағын салған ол. «Олох іди дее, піди дее одырза, аның тузазы асхынах».

Хачан коллегия пу аңдарылыстаң оңдайланып алғанда, грифельлер паза чардылар, табылып, ээлеріне пиріл парғанда, присяжнайлар пазох тоғыстарына кірібізіп, пу пол парған киректеңер пас салғаннар. Чалғыс Кичемей килескі ле, амға теере оңарын полбин, ахсын адын салып, öор пахлап одырчатхан.

«Ол киректеңер син ниме пілчезің?» Алисадаң сурған Хан.

«Пір дее ниме,» теен Алиса.

«*Сынап* пір дее ниме бе?» тӳптестірген Хан.

«Йа, *сынап* пір дее ниме,» теен Алиса.

«Толдыра нандырығ,» Хан присяжнайларзар айланыбысхан. Олары ханның сöстерін читіре дее пасхалахта, Ах Кролик ара кірізібіскен: «Сірернің Пöзік Адыңар, Сірер „толдыра *нимес*“ тирге иткезер, неке.» Аның ӳнінде улуғлас пілдірген, че позы, кöміскелерін хыймырадып, Ханзар хылыхтығ кöре, чӳзін ырбайтчатхан.

«Йа, йа, мин „толдыра *нимес*“ тирге иткем,» Хан, сах андох тӳзедінібізіп, позының алынҷа пулбыран сыххан: „толдыра—толдыра нимес,“ „толдыра—толдыра нимес,“ пу сöстернің хайзы артых истілчеткенін сыныхтапчатхан чіли.

Присяжнайлар, оңар полбин, хайзылары «толдыра», че хайзылары—«толдыра нимес» тіп пас салғаннар. Анзын оларнаң ырах нимес турчатхан Алиса прай кöрген. «Итсе, пасхазы пар ба» сағын салған ол.

Ол арада Хан позының чаҷынынзар ниме-де пас салған, анаң, прайзын амырадыбызып, хығыр пирген: «Хырых ікінҷі чарлых. *Прайзы, кемнің öскен сыны мильнең асча, пу залдаң сых парыбызарга кирек*».

Прайзы Алисазар хайбағынғаннар.

«*Минің* öскен сыным мильні аспинча,» теен Алиса.

«Асча,» теен Хан.

«Ікі мильге чағын,» хосхан Хан Ипчі.

«Полза даа, мин сыхпаспын,» теен Алиса. «Ол сын чарлых нимес. Сірер аны ам на сағын таап алдар.»

«Пу киндедегі иң не иргі чарлых,» теен Хан.

«Андағда ол пастағы чарлых поларҷых,» теен Алиса.

Хан, ах-тос пол парып, киндезін чабысхан, анаң тітірессчеткен ӱннең присяжнайларзар айланған: «Сірернің чарадииңар?»

«Сірернің Пӧзік Адыңар, чарадыңар! Кирек хоостыра наа искіріглер табылды,» кинетін не хысхыра тӱскен Ах Кролик. «Пу пічік ам на табылды.»

«Нимедір анда?» сурған Хан Ипчі.

«Мин аны ам даа хазырғалахпын,» теен Ах Кролик. «Че аны чарғылатчатхан ниме кемге-де пасхан осхас.»

«Андағ поларға кирек,» теен Хан. «Пірдеезіне пазылбаан пічіктер асхынах учурапчалар нимес пе?»

«Ол кемге пазылтыр?» сурыбысхан присяжнайларның пірсі.

«*Тастынаң* кӧрзе, пірдеезіне пазылбиндыр,» тіп ала, Ах Кролик пічікті хазырыбысхан, анаң хосхан: «Пу пічік тее нимес. Пу кибеліс.»

«Ол чарғылатчатханның холынаң пазылтыр ба?» сурыбысхан пасха присяжнайы.

«Чох,» теен Ах Кролик. «Анзы уғаа чігленістіг.» (Аны исте ле, прай коллегия алаң ас парған.)

Че Хан «Ағаа пасчатханын хубулдырарға киліскен,» теенде, присяжнайларның таңнаан чӱстері наныс парыбысхан.

«Че, Сірернің Пӧзік Адыңар,» теен Валет, «мин паспаам аны. Че кем пасханын кӧнізінең чоохтачаа чоғыл, анда хол салылбиндыр.»

«Сынап син анда хол салбаан ползаң, сағаaох хомай полар,» теен Хан. «Син хара сағыс *тутхан поларзың*. Іди полбаза, ах сағыстығ кізі чіли, ноға хол салбаазың за?»

Прайзы айа саап сыхханнар. Ол Хан пӱӱн чоохтанған пастағы ла хыйға сӧстер полған.

«Анзы аның пырозын *киречілепче*,» теен Хан Ипчі. «Андағ полза, пазын …»

«Чох, чох!» хысхыра тӱскен Алиса. «Сірер пілбинчезер дее, ниме анда пазылых!»

«Хығырдах!» теен Хан.

Ах Кролик очкизін кизібіскен. «Хайзынаң пастирға чахығ пирерзер, Сірернің Пӧзік Адыңар?» сурған ол.

«Пастағызынаң сығара,» теен Хан, «прай хығыр. Тоозыл парза, тохтирзың.»

Чарғыда сымзырых турыбысханда, Ах Кролик мына мындағ кибелісті хығыр пирген:—

«Хаӱан оларның кӧзіне
Ол мині адаанда,
Сірер теезер, чараай,
Че чӱзерге—хаӱан даа!

Че! Ол искірген. Сын чоох.
Оларның пырозы полбас.
Че сынап ол маңзырабыссох,
Ниме ле сірерні сахтабас.

Мин ағаа ікіні пиргем,
Сірер піске—писті,
Ол оларға—сигісті,
Олар сірерзер айлан килгеннер,
Итсе олар—минилер.

Андада мин алай ол
Килер полғабыс андар.
Сірер оларны, пілген ол,
Пізӧк чіли, арачылирзар.

Сидік ағаа, че хайдаң
Пілербіс, піс, харах чохтар,
Сірер пістің арабыстаң
Пір дее чой полбассар?

Пірдеезіне чоохтабаңар
Аннаңар.
Мындағ орыннар
Пісти ле ползыннар.»

«Пу піс чыған искіріглернің иң не аарлығы полча,» холларын чызынып ала, теен Хан. «Амды присяжнайлар…»

«Кем пу сöстерні чарыт пирер, ағаа алты пенс пирем,» теен Алиса (амды аның сыны уғаа поғда пол парған, аннаңар ол Ханнаң сала даа хорыхпинчатхан). «Мин оларда пір дее öөн сағыс таппинчам.»

Присяжнайларның коллегиязы пас салған: «оларда *ол* пір дее öөн сағыс таппинча». Че оларның пірдеезі ол сöстерні чарыдарға итпеен.

«Сынап анда öөн сағыс чох полза,» теен Хан, «піске аны тілирге кирек чоғыл, андағ нимес пе? Че мин сағынғанда,» чаҷынны тізектерінде сыйбап паза кибелісті ситкіп кöрглеп ала, узаратхан ол, «мында хайдағ-да öөн сағыс поларға кирек. „*Че чӱзерге—хаӱан даа!*“ Син чӱс полбинча нимессің ме зе?» айланған ол Валетсер.

Валет хомзыныстығ пазын тӱзір салған. «Мин чӱс полчатханға тööйбін ме хайди?» (Сынап таа, ол чаҷыннаң иділген, хайди чӱзіп алар!)

«Чарир. Аннаң андар…» Хан пулбыранызысхан: «„*Оларның пырозы нимес*“ … пу сöстер присяжнайлардаңар полар, неке … „*Че сынап ол маңзырабыссох*“ … Хан Ипчіденер полар … „*Ниме ле сірерні сахтабас*“— Сынап таа ниме? … „*Мин ағаа ікіні пиргем, сірер піске— писті*“ … пу сöстер ол халазахтарнаң ниме иткенін чарытчалар нимес пе?»

«Йа, че аннаң андар пазылых: „*Олар сірерзер айлан килгеннер,*“» ара кірібіскен Алиса.

«Сынап таа! Олар мындалар ноза!» Хан öрчіліг столзар кöзіткен. «*Прай* ниме пілдістіг! Аннаң андар … „*Сидік агаа*“ … минің аарлииҷаам, сағаа хаҷан полза сидік полған ма?» ол Хан Ипчізер айланған.

«Хаҷан даа!» пу сöстернең Хан Ипчі, хылығына істі чарылып, Кичемейзер чернильница позыдыбысхан. (Ол парасханах, салаадаң пасса, іс халбинчатханын сизін салып, пазарын хаҷанох тохтат салған полған. Че амды ол тумзиинаң тамҷылапчатхан черниланаң сала маңзыри пас сыххан.)

«*Чидер*, неке,» чаратхан Хан. «Пу кибелістегі öөн сағыс он öлімге чарғылирға чидер.» Ол кӱлініснең залзар кöрібіскен. Залда сымзырых полған.

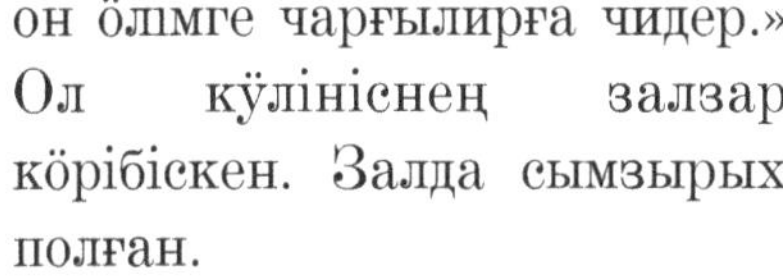

«Ойнапчам!» теен Хан. Прайзы хатхырыбысханнар. «Присяжнайлар чарадығ сығарзыннар,» пӱӱн чибіргінҷі хатап, неке, чоохтанған Хан.

«Чох!» теен Хан Ипчі. «Пастап чарғылас, анаң чарадығ.»

«Саба!» тың иде чарлабысхан Алиса. «Хайди чарадығ чох чарғылир!»

«Тымыл!» хылығына хызар парған Хан Ипчі.

«Тымылбаспын!» нандырған Алиса.

«Мойнын ӱзе сабарға!» сиихти тӱскен Хан Ипчі. Че пірдеезі тибіребеен.

«Кем *сірернең* хорыхча!» теен Алиса, ол уғаа пӧзік ӧс парған полған. «Сірер олаңай ла карт колодазызар ноза!»

Мында колода прай кӧдіріл киліп, аның ӱстӱнде айлахтан сыххан. Алиса, хорыхханына ба алай тарынғанына ба аахти тӳзіп, сапхлан сыххан. Оңарын килзе, ол кӧк отта пазын пиҷезінің тізектеріне сал салып чатчаттыр, анзы аның сырайынзар ағастаң тӳсчеткен пӳрлерні ал тастапчаттыр.

«Алиса, туңмаҷағым, усхун!» теен пиҷезі. «Хайди син ӳр узудың!»

«Ой, хайдағ таңнастығ тӱс кӧрдім!» хысхыра тӱскен Алиса, анаң пиҷезіне прай полған хынығ киректердеңер чоохтап пирген, хайзыларынаңар сірер хығырып алдар. Хаҷан ол чоохтап тоосханда, пиҷезі, аны охсаныбызып, теен: «Андағ чізе, туңмаҷағым! Уғаа хынығ тӱс! Амды чей ізерге чӳтӳр. Орайлат салдың.» Алиса, тура хонып, чӳтӳре халған, сағызында, тізең, ол ла таңнастығ тӱс полған…

Аның пиҷезі, чалғысхан халғанда, пазын холларынзар сал салып, кӱн кірізінзер кӧріп ала, кічиҷек Алисадаңар, аның тӱзінде полған пасхаҷыл киректерінеңер сағын парыбысхан. Кӧместең ол сабыхсып парыбысхан.

Пастап ол Алисаны кӧрген. Мына кічиҷек холыҷахтары пазох аның тізектерін хуҷахтааннар, ӧрчілiг хара харахтары андар кӧргеннер, ӧтіг табызы чайылған. Анаң хамаанаң сибірек састарын хыйа сыйбабысхан. Пиҷезі таң тӱс чирде бе, таң пу чирде бе, туңмазын исчеткен, ибіре, тізең, аның хынығ чоохтарындағы пасхаҷыл улус тол парған.

Азахтарының хыринда от чілбіребіскен—ол Ах Кролик позының киректері хоостыра маңзырапчатхан. Хорых парған Кӱске хости чулыҷахта чӱс париған. Чірчелер сығдырасчатханы истілчеткен—анзы Хозан нанҷыларынаң хада ӳзігі чох чей іс парчатхан. Хан Ипчінің хазыр табызы чайылчатхан—ол сӱрдестіг аалҷыларын ӧдірерге чахығлар пирчеткен. Хости ідӧк Герцогиняның хойнындағы час пала—сосхаҷахтың апсырчатханы, оодылчатхан ідіс-хамыстың хоғдыразы, Арсланхустың аахтааны, Кичемей килескінің грифельінің хыыхтазы, чабыра пастырчатхан талай сосхаҷағының хорхлазы истілчеткен—прай пу суум-саам часка чох Інек Азахтығ Таспағаның ыраххы сӱркӱңнезінең аралас парған.

Нууп салған харахтарнаң ол прай пу нимелерні кӧрген паза Хайхастар Чирінде пол парғанына киртінген, че олох туста ол пілген, харахтарын азыбыссох, хатап пу чирзер айлан килер. Кӧк от таныҷахха чілбірир, илбек талай хорлаңа сууҷах пол парар, а оодылчатхан ідіс-хамыстың хоғдыразы хойларның мойныларындағы хоңыроҷахтарның сыңырозына, Хан Ипчінің хазыр абоғырызы хой хадарчызының табызына айлан парарлар. Ідӧк ол пілген, сосха палазының сыыхтааны, Арсланхустың аахтазы паза пасха даа пасхаҷыл ӱннер мал-хус тутчатхан хоныхтың кӱндӱс кӱӱлектеріне айлан паралар. Інек Азахтығ Таспағаның тудын полбинчатхан сӱркӱңнезінің орнына ырахтын інектер мӱӱрезі истілер.

Анаң аның хараа алнында турыбысхан, хайди аның туңмаҷағы, улуғ ӧс парза даа, кӧӧлбек, чалахай олған чӱреен хайраллап халар, хайди ол позының хыринда пасха палаларны чыып ал турар, аның аймах таңнастығ нымахтарын, арса, пу даа Хайхастар Чиріднеңер, истіп, *олғаннарның* харахтары чалтырас турарлар, хайди ол оларның олаңай хомзыныс-ӧрііністерін чӱрекке чағын ал турар, олох туста позының олған чылларын, пу даа часкалығ чайғы кӱннерін сағысха кир турар.

Also available from Evertype

Sources

Alice's Adventures in Wonderland: The Evertype definitive edition, by Lewis Carroll, 2016

Alice's Adventures in Wonderland, illus. June Lornie, 2013

Alice's Adventures in Wonderland, illus. Mathew Staunton, 2015

Alice's Adventures in Wonderland, illus. Harry Furniss, 2016

Alice's Adventures in Wonderland, illus. J. Michael Rolen, 2017

Through the Looking-Glass and What Alice Found There, by Lewis Carroll, 2009

The Nursery "Alice", by Lewis Carroll, 2015

Alice's Adventures under Ground, by Lewis Carroll, 2009

The Hunting of the Snark, by Lewis Carroll, 2010

Sequels

A New Alice in the Old Wonderland, by Anna Matlack Richards, 2009

New Adventures of Alice, by John Rae, 2010

Alice Through the Needle's Eye, by Gilbert Adair, 2012

Wonderland Revisited and the Games Alice Played There, by Keith Sheppard, 2009

Alice and the Boy who Slew the Jabberwock, by Allan William Parkes, 2016

Spelling

Alice's Adventures in Wonderland, Retold in words of one Syllable by Mrs J. C. Gorham, 2010

𐐈𐑊𐐮𐑅'𐑆 𐐈𐐼𐑂𐐯𐑌𐐽𐐲𐑉𐑆 𐐮𐑌 𐐎𐐲𐑌𐐼𐐲𐑉𐑊𐐰𐑌𐐼 (Alis'z Advenchurz in Wundurland), *Alice* printed in the Deseret Alphabet, 2014

𐐜 𐐐𐐲𐑌𐐻𐐮𐑍 𐐲𐑂 𐑄 𐐝𐑌𐐪𐑉𐐿 (Dh Hunting uv dh Snark), *The Hunting of the Snark* printed in the Deseret Alphabet, 2016

Also available from Evertype

[illegible] (Thru dh Lüking-Glas and Hwut Alis Fawnd Dher), *Looking-Glass* printed in the Deseret Alphabet, 2016

Alice's Adventures in Wonderland, *Alice* printed in Dyslexic-Friendly fonts, 2015

[illegible], *Alice* printed in a font that simulates Dyslexia, 2015

[illegible] (Ǽlɪsɛz Ǽdvɛ́ntʃuɹz ɪn Wʌ́nduɹlænd), *Alice* printed in the Ewellic Alphabet, 2013

ˈÆlɪsɪz ədˈventʃəz ɪn ˈWʌndəˌlænd, *Alice* printed in the International Phonetic Alphabet, 2014

Alis'z Advnčrz in Wunḍland, *Alice* printed in the Ñspel orthography, 2015

[illegible], *Alice* printed in the Nyctographic Square Alphabet, 2011

Alice's Adventures in Wonderland, *Alice* printed in Pitman New Era Shorthand, 2018

Alice's Adventures in Wonderland, *Alice* printed in QR Codes, 2018

[illegible] (Alɪs'əz ədvɛntjuːrz ɪn Wʌndərlænd), *Alice* printed in the Shaw Alphabet, 2013

Alisiz Advencɘrz in Wundɹland, *Alice* printed in the Unifon Alphabet, 2014

[illegible] (Aliz kalandjai Csodaországban), The Hungarian *Alice* printed in Old Hungarian script, tr. Anikó Szilágyi, 2016

Scholarship

Reflecting on Alice: A Textual Commentary on *Through the Looking-Glass*, by Selwyn Goodacre, 2016

Elucidating Alice: A Textual Commentary on *Alice's Adventures in Wonderland*, by Selwyn Goodacre, 2015

Behind the Looking-Glass: Reflections on the Myth of Lewis Carroll, by Sherry L. Ackerman, 2012

Selections from the Lewis Carroll Collection of Victoria J. Sewell, compiled by Byron W. Sewell, 2014

SOCIAL COMMENTARY

Clara in Blunderland, by Caroline Lewis, 2010

Lost in Blunderland: The further adventures of Clara, by Caroline Lewis, 2010

John Bull's Adventures in the Fiscal Wonderland, by Charles Geake, 2010

The Westminster Alice, by H. H. Munro (Saki), 2017

Alice in Blunderland: An Iridescent Dream, by John Kendrick Bangs, 2010

SIMULATIONS

Davy and the Goblin, by Charles Edward Carryl, 2010

The Admiral's Caravan, by Charles Edward Carryl, 2010

Gladys in Grammarland, by Audrey Mayhew Allen, 2010

Alice's Adventures in Pictureland, by Florence Adèle Evans, 2011

Folly in Fairyland, by Carolyn Wells, 2016

Rollo in Emblemland, by J. K. Bangs & C. R. Macauley, 2010

Phyllis in Piskie-land, by J. Henry Harris, 2012

Alice in Beeland, by Lillian Elizabeth Roy, 2012

Eileen's Adventures in Wordland, by Zillah K. Macdonald, 2010

Alice and the Time Machine, by Victor Fet, 2016

Алиса и Машина Времени (Alisa i Mashina Vremeni), *Alice and the Time Machine* in Russian, tr. Victor Fet, 2016

SEWELLIANA

Sun-hee's Adventures Under the Land of Morning Calm, by Victoria J. Sewell & Byron W. Sewell, 2016

선희의 조용한 아침의 나라 모험기 (Seonhuiui Joyonghan Achim-ui Nala Moheomgi), *Sun-hee* in Korean, tr. Miyeong Kang, 2018

Alix's Adventures in Wonderland: Lewis Carroll's Nightmare, by Byron W. Sewell, 2011

Álopk's Adventures in Goatland, by Byron W. Sewell, 2011

Alice's Bad Hair Day in Wonderland, by Byron W. Sewell, 2012

The Carrollian Tales of Inspector Spectre, by Byron W. Sewell, 2011

The Annotated Alice in Nurseryland, by Byron W. Sewell, 2016

The Haunting of the Snarkasbord, by Alison Tannenbaum, Byron W. Sewell, Charlie Lovett, & August A. Imholtz, Jr, 2012

Snarkmaster, by Byron W. Sewell, 2012

In the Boojum Forest, by Byron W. Sewell, 2014

Murder by Boojum, by Byron W. Sewell, 2014

Close Encounters of the Snarkian Kind, by Byron W. Sewell, 2016

Translations

Кайкалдың Јеринде Алисала болгон учуралдар (Kaykaldıñ Cerinde Alisala bolgon uçuraldar), *Alice* in Altai, tr. Küler Tepukov, 2016

Alice's Adventures in An Appalachian Wonderland, *Alice* in Appalachian English, tr. Byron & Victoria Sewell, 2012

Սնարքի Որսը (Snark'i Orsĕ), *The Hunting of the Snark* in Eastern Armenian, tr. Alexander Kalantaryan & Artak Kalantaryan, forthcoming

Ալիս Հրաշալիքներու Աշխարհին Մէջ (Alis Hrashalik'neru Ashkharhin Mēch), *Alice* in Western Armenian, tr. Yervant Gobelean, forthcoming

Patimatli ali Alice tu Vãsilia ti Ciudii, *Alice* in Aromanian, tr. Mariana Bara, 2015

Әлисәнең Сәйерстандағы мажаралары (Älisäneñ Säyerstandağı majaraları), *Alice* in Bashkir, tr. Güzäl Sitdykova, 2017

Алесіны прыгоды ў Цудазем'і (Alesiny pryhody u Tsudazem'i), *Alice* in Belarusian, tr. Max Ščur, 2016

На тым баку Люстра і што там напаткала Алесю (Na tym baku Liustra i shto tam napatkala Alesiu), *Looking-Glass* in Belarusian, tr. Max Ščur, 2016

Снаркалоўы (Snarkalovy),
The Hunting of the Snark in Belarusian, tr. Max Ščur, forthcoming

Crystal's Adventures in A Cockney Wonderland,
Alice in Cockney Rhyming Slang, tr. Charlie Lovett, 2015

Aventurs Alys in Pow an Anethow,
Alice in Cornish, tr. Nicholas Williams, 2015

Alice's Ventures in Wunderland,
Alice in Cornu-English, tr. Alan M. Kent, 2015

Maries Hændelser i Vidunderlandet, *Alice* in Danish, tr. D.G., forthcoming

آلیس در سرزمین عجایب (Âlis dar Sarzamin-e Ajâyeb),
Alice in Dari, tr. Rahman Arman, 2015

Äventyrą Alice i Underlandą,
Alice in Elfdalian, tr. Inga-Britt Petersson, 2018

La Aventuroj de Alicio en Mirlando,
Alice in Esperanto, tr. E. L. Kearney (1910), 2009

La Aventuroj de Alico en Mirlando,
Alice in Esperanto, tr. Donald Broadribb, 2012

Trans la Spegulo kaj kion Alico trovis tie,
Looking-Glass in Esperanto, tr. Donald Broadribb, 2012

Les Aventures d'Alice au pays des merveilles,
Alice in French, tr. Henri Bué, 2015

Les Aventures d'Alice au pays des merveilles,
Alice in French, tr. Henri Bué, illus. Mathew Staunton, 2015

ელისის თავგადასავალი საოცრებათა ქვეყანაში
(Elisis t'avgadasavali saoc'rebat'a k'veqanaši),
Alice in Georgian, tr. Giorgi Gokieli, 2016

Alice's Abenteuer im Wunderland,
Alice in German, tr. Antonie Zimmermann, 2010

Die Lissel ehr Erlebnisse im Wunnerland,
Alice in Palantine German, tr. Franz Schlosser, 2013

Der Alice ihre Obmteier im Wunderlaund,
Alice in Viennese German, tr. Hans Werner Sokop, 2012

Balþos Gadedeis Aþalhaidais in Sildaleikalanda,
Alice in Gothic, tr. David Alexander Carlton, 2015

Nā Hana Kupanaha a ʻĀleka ma ka ʻĀina Kamahaʻo,
Alice in Hawaiian, tr. R. Keao NeSmith, 2017

Ma Loko o ke Aniani Kū a me ka Mea i Loaʻa iā ʻĀleka ma Laila, *Looking-Glass* in Hawaiian, tr. R. Keao NeSmith, 2017

Aliz kalandjai Csodaországban,
Alice in Hungarian, tr. Anikó Szilágyi, 2013

Ævintýri Lísu í Undralandi, *Alice* in Icelandic, tr. Þórarinn Eldjárn, 2013

Le Aventuras de Alice in le Pais del Meravilias,
Alice in Interlingua, tr. Rodrigo Guerra, 2018

Eachtra Eibhlíse i dTír na nIontas,
Alice in Irish, tr. Pádraig Ó Cadhla (1922), 2015

Eachtraí Eilíse i dTír na nIontas, *Alice* in Irish, tr. Nicholas Williams, 2007

Lastall den Scáthán agus a bhFuair Eilís Ann Roimpi,
Looking-Glass in Irish, tr. Nicholas Williams, 2009

Le Avventure di Alice nel Paese delle Meraviglie,
Alice in Italian, tr. Teodorico Pietrocòla Rossetti, 2010

Alis Advencha ina Wandalan,
Alice in Jamaican Creole, tr. Tamirand Nnena De Lisser, 2016

L's Aventuthes d'Alice en Êmèrvil'lie,
Alice in Jèrriais, tr. Geraint Williams, 2012

L'Travèrs du Mitheux et chein qu'Alice y dêmuchit,
Looking-Glass in Jèrriais, tr. Geraint Williams, 2012

Алисэ Телъыджэщӏым зэрышыӏар (Alisė Tel″ydzhėshchhym zėryshyhar), *Alice* in Kabardian, tr. Murat Temir & Murat Brat, 2019

Алиса Къужур Дунияны Къыдырады (Alisa Qujur Duniyanı Qıdıradı), *Alice* in Karachay-Balkar, tr. Magomet Gekki, 2019

Әлисәнің ғажайып елдегі басынан кешкендері (Älïsäniñ ğajayıp eldegi basınan keşkenderi), *Alice* in Kazakh, tr. Fatima Moldashova, 2016

Also available from Evertype

Алисаның Хайхастар Чирінзер чорығы (Alïsanıñ Hayhastar Çïrinzer çorığı), *Alice* in Khakas, tr. Maria Çertykova, 2017

Алисакӧд Шемӧсмуьын лоӧмторъяс (Alisaköd Šemösmuyn loömtor″ias), *Alice* in Komi-Zyrian, tr. Evgenii Tsypanov & Elena Eltsova, 2018

Алисанын Кызыктар Өлкөсүндөгү укмуштуу окуялары (Alisanın Kızıktar Ölkösündögü ukmuştuu okuyaları), *Alice* in Kyrgyz, tr. Aida Egemberdieva, 2016

Las Aventuras de Alisia en el Paiz de las Maraviyas, *Alice* in Ladino, tr. Avner Perez, 2016

לאס אב'ינטוראס די אליסייה אין איל פאאיס די לאס מאראב'ילייאס (Las Aventuras de Alisia en el Paiz de las Maraviyas), *Alice* in Ladino, tr. Avner Perez, 2016

Alisis pīdzeivuojumi Breinumu zemē, *Alice* in Latgalian, tr. Evika Muizniece, 2015

Alicia in Terrā Mīrābilī, *Alice* in Latin, tr. Clive Harcourt Carruthers, 2011

Alicia in Terrā Mīrābilī: Ēditiō Bilinguis Latīna et Anglica, *Alice* in Latin, bilingual edition, tr. Clive Harcourt Carruthers, 2018

Aliciae per Speculum Trānsitus (Quaeque Ibi Invēnit), *Looking-Glass* in Latin, tr. Clive Harcourt Carruthers, Forthcoming

Alisa-ney Aventuras in Divalanda, *Alice* in Lingua de Planeta (Lidepla), tr. Anastasia Lysenko & Dmitry Ivanov, 2014

La aventuras de Alisia en la pais de mervelias, *Alice* in Lingua Franca Nova, tr. Simon Davies, 2012

Alice ẹhr Ẹventüürn in't Wunnerland, *Alice* in Low German, tr. Reinhard F. Hahn, 2010

Contoyrtyssyn Ealish ayns Çheer ny Yindyssyn, *Alice* in Manx, tr. Brian Stowell, 2010

Ko Ngā Takahanga i a Ārihi i Te Ao Mīharo, *Alice* in Māori, tr. Tom Roa, 2015

Dee Erläwnisse von Alice em Wundalaund, *Alice* in Mennonite Low German, tr. Jack Thiessen, 2012

Auanturiou adelis en Bro an Marthou, *Alice* in Middle Breton, tr. Herve Le Bihan & Herve Kerrain, Forthcoming

The Aventures of Alys in Wondyr Lond,
Alice in Middle English, tr. Brian S. Lee, 2013

L'Avventure d'Alice 'int' 'o Paese d' 'e Maraveglie,
Alice in Neapolitan, tr. Roberto D'Ajello, 2016

Attravierzo 'o specchio e cchello c'Alice ce truvaie,
Looking-Glass in Neapolitan, tr. Roberto D'Ajello, 2019

L'Aventuros de Alis in Marvoland, *Alice* in Neo, tr. Ralph Midgley, 2013

Elises Eventyr i Undernes Land: den første norske *Alice*:
Elise's Adventures in the Land of Wonders: the first Norwegian *Alice*,
Alice in Norwegian, ed. & tr. Anne Kristin Lande, 2019

Alice sine opplevingar i Eventyrlandet,
Alice in Nynorsk, tr. Sigrun Anny Røssbø, 2019

Æðelgýðe Ellendæda on Wundorlande,
Alice in Old English, tr. Peter S. Baker, 2015

La geste d'Aalis el Païs de Merveilles,
Alice in Old French, tr. May Plouzeau, 2017

Alitjilu Palyantja Tjuta Ngura Tjukurmankuntjala (Alitji's Adventures in Dreamland), *Alice* in Pitjantjatjara, tr. Nancy Sheppard, 2018

Alitji's Adventures in Dreamland: An Aboriginal tale inspired by *Alice's Adventures in Wonderland*, adapted by Nancy Sheppard, 2018

Alice Contada aos Mais Pequenos,
The Nursery "Alice" in Portuguese, tr., Rogério Miguel Puga, 2015

Сыр Алиса Попэя кэ Чюдэнгири Пхув (Sir Alisa Popeja ke Čudengiri Phuv), *Alice* in North Russian Romani, tr. Viktor Shapoval, 2018

Приключения Алисы в Стране Чудес (Prikliucheniia Alisy v Strane Chudes), *Alice* in Russian, tr. Yury Nesterenko, 2018

Приключения Алисы в Стране Чудес (Prikliucheniia Alisy v Strane Chudes), *Alice* in Russian, tr. Nina Demurova, forthcoming

Соня въ царствѣ дива (Sonia v tsarstvie diva): Sonja in a Kingdom of Wonder, *Alice* in facsimile of the 1879 first Russian translation, 2013

Соня в царстве дива (Sonia v tsarstve diva),
An edition of the first Russian *Alice* in modern orthography, 2017

Охота на Снарка (Okhota na Snarka),
The Hunting of the Snark in Russian, tr. Victor Fet, 2016

La Aventures as Alice in Daumsenland,
Alice in Sambahsa, tr. Olivier Simon, 2013

Ocolo id Specule ed Quo Alice Trohv Ter,
Looking-Glass in Sambahsa, tr. Olivier Simon, 2016

'O Tāfaoga a 'Ālise i le Nu'u o Mea Ofoofogia,
Alice in Samoan, tr. Luafata Simanu-Klutz, 2013

Eachdraidh Ealasaid ann an Tìr nan Iongantas,
Alice in Scottish Gaelic, tr. Moray Watson, 2012

Alice's Adventchers in Wunderland,
Alice in Scouse, tr. Marvin R. Sumner, 2015

Mbalango wa Alice eTikweni ra Swihlamariso,
Alice in Shangani, tr. Peniah Mabaso & Steyn Khesani Madlome, 2015

Ahlice's Aveenturs in Wunderlaant,
Alice in Border Scots, tr. Cameron Halfpenny, 2015

Alice's Mishanters in e Land o Farlies,
Alice in Caithness Scots, tr. Catherine Byrne, 2014

Alice's Adventirs in Wunnerlaun,
Alice in Glaswegian Scots, tr. Thomas Clark, 2014

Ailice's Anters in Ferlielann,
Alice in North-East Scots (Doric), tr. Derrick McClure, 2012

Alice's Adventirs in Wonderlaand,
Alice in Shetland Scots, tr. Laureen Johnson, 2012

Ailice's Àventurs in Wunnerland,
Alice in Southeast Central Scots, tr. Sandy Fleemin, 2011

Ailis's Anterins i the Laun o Ferlies,
Alice in Synthetic Scots, tr. Andrew McCallum, 2013

Alice's Carrànts in Wunnerlan,
Alice in Ulster Scots, tr. Anne Morrison-Smyth, 2013

Alison's Jants in Ferlieland,
Alice in West-Central Scots, tr. James Andrew Begg, 2014

Alice muNyika yeMashiripiti,
Alice in Shona, tr. Shumirai Nyota & Tsitsi Nyoni, 2015

Алисаның қайғаллығ Черинде полған чоруқтары (Alisanıñ qayğallığ Çerinde polğan çoruqtarı), *Alice* in Shor, tr. Liubov′ Arbaçakova, 2017

Alis bu Cëlmo dac Cojube w dat Tantelat,
Alice in Ṣurayt, tr. Jan Beṯ-Ṣawoce, 2015

Alisi Ndani ya Nchi ya Ajabu, *Alice* in Swahili, tr. Ida Hadjuvayanis, 2015

Alices Äventyr i Sagolandet, *Alice* in Swedish, tr. Emily Nonnen, 2010

'Alisi 'i he Fonua 'o e Fakaofo',
Alice in Tongan, tr. Siutāula Cocker & Telesia Kalavite, 2014

De Aventure Alisu in Mirviziland,
Alice in Uropi, tr. Bertrand Carette & Joël Landais, 2018

Ventürs jiela Lälid in Stunalän, *Alice* in Volapük,
tr. Ralph Midgley, forthcoming

Lès-avirètes da Alice ô payis dès mèrvèyes,
Alice in Walloon, tr. Jean-Luc Fauconnier, 2012

Lès paskéyes d'Alice è payis dès mèrvèyes,
Alice in Central Walloon, tr. Bernard Louis, 2017

Anturiaethau Alys yng Ngwlad Hud, *Alice* in Welsh, tr. Selyf Roberts, 2010

I Avventur de Alìs ind el Paes di Meravili,
Alice in Western Lombard, tr. GianPietro Gallinelli, 2015

U-Alisi Kwilizwe Lemimangaliso,
Alice in Xhosa, tr. Mhlobo Jadezweni, forthcoming

Di Avantures fun Alis in Vunderland,
Alice in Yiddish, tr. Joan Braman, 2015

Alises Avantures in Vunderland, *Alice* in Yiddish, tr. Adina Bar-El, 2018

אַליסעס אַוואַנטורעס אין וווּנדערלאַנד (Alises Avantures in Vunderland),
Alice in Yiddish, tr. Adina Bar-El, 2018

Insumansumane Zika-Alice,
Alice in Zimbabwean Ndebele, tr. Dion Nkomo, 2015

U-Alice Ezweni Lezimanga, *Alice* in Zulu, tr. Bhekinkosi Ntuli, 2014

www.ingramcontent.com/pod-product-compliance
Ingram Content Group UK Ltd.
Pitfield, Milton Keynes, MK11 3LW, UK
UKHW041825200726
13854UKWH00002BA/565

9 781782 011712